Ariane et Thésée, tragédie opéra par Lagrange-Chancel, musique de Mouret 1717

Aristoclée, ou le mariage infortuné, tragi-comédie par Alex. Hardy 1631

Arlequin Esope, comédie en cinq actes, en vers, aux Italiens 1691

Athamare, tragédie par Jacques de la Taille de Bondaroy 1573.

Atys, tragédie opéra par Quinault 1676

Auberge de Munich (l') ou la ~~...~~ des grenadiers, divertissement à l'occasion de la paix, par Pierre 1807

~~Aubuisson, comédie ...~~

Auteur dans son ménage (l') opéra-comique en un acte, par Gosse à Feydeau 1798

Auteur de qualité (l') com[illegible] en un acte en prose, aux Italiens [illegible] 1789

Auteur satirique (l') comédie en un acte, en vers, par Voisenon 1783.

Ayeux chimériques, comédie en 5 actes, en vers, par J. B. Rousseau, aux Français 1730

Azéline, opéra en trois actes par Hoffmann, à l'Opéra-Comique 1796

Amours de Psyché et de Zéphire, ballet allégorique, par [illegible] 1760.

Amours de Mars et de Vénus, ballet avec un prologue par Dauchet, musique de Campra 1712.

Amours de Thésée et de Dejanire (les) comédie en 5 actes, par Gérard de Saint-Amand 1637

Amours infortunées de Léandre et Héro tragi-comédie par La Selve 1633.

Annibal, tragédie par Scudéry 1631

Annibal, tragédie de Thomas Corneille 1669

Antigone, opéra en trois actes par Marmontel 1790

[illegible] agnès et olivier opéra en 3 actes par Monvel, musique de Daleyrac 1791

Amélie opéra-comique en 3 actes par Desfontaines 1797

Apollon berger d'Admète, ballet en un acte par Lefranc de Pompignan à l'opéra 1759

Arabelle et Vascomont, tragédie en 5 actes, par [illegible] 1792

Arbre de Cracovie (l') opéra comique en un acte par Poinsard, 1792

L'auteur de cette piece s'appelloit Jobert nous n'en connoissons point d'autre de sa façon. il n'en est point fait mention dans l'histoire du Théatre françois.

# BALDE, REINE DES SARMATES.

## TRAGEDIE.

A PARIS,
Chez AVGVSTIN COVRBÉ, Imprimeur & Libraire de Monseigneur le Duc d'Orleans, dans la petite Sale du Palais, à la Palme.

M. DC. LI.
AVEC PRIVILEGE DV ROY.

# A MONSEIGNEVR

# MESSIRE RENE DE LONGVEIL,

SEIGNEVR DE MAISONS, DE GRIZOLLES, &c. CONSEILLER DV ROY en tous ses Conseils, Ministre de son Estat, President en sa Cour de Parlement, Surintendant des Finances, & Marquis de Sablé.

ONSEIGNEVR,

Balde, Reine des Sarmates, vient se presenter à vous apres auoir reconnu son erreur, & s'estre en vain immolée à des fausses Diuinitez ; Elle a suiet de croire qu'elle ne sera pas mal reçeuë, puis qu'elle vient à la suitte de la France ; qui s'estant, comme Balde, treuuée toute espuisée de son sang & de ses forces, a eu depuis peu, comme elle, recours à vos Autels. Les Finances qu'on peut appeller le sang & les forces d'vn Estat, auoient passé par diuerses mains, & ne s'estoient bien treuuées en pas vne: il falloit trop de bonnes qualitez iointes ensemble pour composer vn parfait Surintendant : l'on n'en auoit point veû iusques icy de Copie acheuée : vous nous en gardiez l'Original : vous seul pouuiez remplir dignement cette Place : & nous pouuons dire que la France vous a moins choisi pour cét employ, qu'elle ne vous en a treuué seul capable. Vous estes né pour les grandes dignitez ; vous auez esté esleué pour le bon gouuernement des Finances ; & vous auez appris à les peser auant qu'on vous les ait données à distribuer. Ce fut en vostre Charge de premier President de la Cour des Aydes, que vous connustes les besoins de l'Estat, & les remedes proportionnez à la force du Peuple. Ce fut en cette Charge que vous commençastes dés lors à exercer celle de Surintendant, que vous n'auiez pas encore, puis que desia vous teniez la Balance auant qu'on vous eust mis les Finances entre les mains. Celle que vous eustes depuis de President au Mortier, treuua chez vous la Iustice qui est si necessaire dans le maniment des Finances : Vostre naissance vous a donné la force & le courage qu'il faut pour les leuer ; & le Ciel a formé vostre Esprit pour en chercher qui ne soient point criminelles. Il auoit bien cousté à la France à faire des Surintendans acheuez ; elle vient de vous rencontrer tout fait. Ah ! Dieux, quel heur pour elle ? elle vous a treuué tout instruit. Ah ! Dieux, que de peine sauuée ? Vous auez apporté à son secours la connoissance de ses necessitez, & la science de ses remedes : & dans vn temps le plus miserable où iamais elle se soit veuë, vous estes venu le plus capable pour l'aider. C'est ce qui fait, MONSEIGNEVR, que cette haute dignité où vous estes, a fait beaucoup d'heureux & fort peu de jaloux : Iamais Fortune ne fut moins enuiée, parce que iamais Fortune ne fut plus égale à la naissance & au merite; chacun l'adore, parce qu'elle rejalit sur chacun : elle est plus vniuerselle qu'elle ne vous est particuliere, puis que déja tout le monde y participe, par le bonheur que vostre sage conduite va procurer à tous. C'est de là que nous coniecturons que vous reparerez bientost les fautes que vous n'auez pas faites, & que faisant reuenir à l'Estat des Finances plus pures & plus innocentes, il recouurera vn sang plus pur : C'est dans cét aimable Siecle que vous ferez que Balde demande à reuiure ; c'est dans ce temps plus serein que la France espere de refleurir; & c'est dans cét âge plus heureux que ie viuray content, si vous me permettez de me dire,

MONSEIGNEVR,

Vostre tres humble, tres obeissant & tres fidelle seruiteur,
IOBERT.

# LES ACTEURS

BALDE, Reine des Sarmates.

MELITE, sa Confidente.

ADOLPHE, Ministre d'Estat de la Reine.

RUTILE, Capitaine des Trouppes de la Reine.

VOLTARE, Prince de Varsau.

VARNES, Capitaine des Trouppes de Voltare.

TRASONTE, Roy de Dantzic.

ERGATTE, Confident de Trasonte.

CAMBISE, Capitaine des Trouppes de Trasonte.

*La Scene est à Cracouie.*

BALDE,

# BALDE, REINE DES SARMATES, TRAGEDIE.

## ACTE PREMIER.

### SCENE PREMIERE.

BALDE, MELITE.

BALDE.

*QVE i'espouse vn Tyran, dont l'indigne amitié*
*Me fera deuenir son infame moitié?*

*Que plustost.*

MELITE.

*Mais enfin redoutez ſa puiſſance.*

BALDE.

*Mais apprens que le Ciel paroiſt à ma deffence.*
*Ce Tyran qui par force a crû ſe faire aimer,*
*Qui contre mes froideurs s'eſt reſolu d'armer,*
*Et ne reſpirant plus que colere & que flame,*
*A mis le feu par tout ailleurs que dans mon ame:*
*Bref celuy qui deſia d'vn auide ſouhait*
*Regnoit dans Cracouie, eſt luy meſme défait,*
*Et défait par Voltare.*

MELITE.

*Ah Dieux! & quoy Voltare*
*Pour vous contre Traſonte auiourd'huy ſe declare?*
*Madame, quel motif les auroit oppoſez*
*Ces Princes qui iamais ne furent diuiſez?*

BALDE.

*Ils le ſont, il ſuffit que Balde t'en aſſeure,*
*Voltare vient pour nous, & c'eſt luy faire iniure*
*De douter ſeulement qu'vn autre que ſon bras*
*D'vn Vainqueur inſolent ait mis l'orgueil à bas.*

*Peux-tu bien demander l'intereſt qui l'amene?*
*N'eſt-il pas mon Suiet, ne ſuis-ie pas ſa Reine?*

MELITE.

*Mais Madame, pourquoy ſi tard vous ſecourir;*
*Vous laiſſer ſi longtemps ſur le point de perir?*
*Il s'eſt mis en danger de vous eſtre inutile.*
*Helas il ne peut plus deffendre qu'vne Ville*
*De tout vn grand Païs, dont pouuoit ſa valeur,*
*Vn peu moins pareſſeuſe, empeſcher le malheur.*
*C'eſt bien tard.*

BALDE.

*Sur ce point ie vais te ſatisfaire;*
*S'il vient vn peu plus tard, il vient plus neceſſaire,*
*On ne peut pas ſi toſt arriuer de ſi loing,*
*Le ſecours vient à temps, qui nous vient au beſoing;*
*Qu'auec ioye à toute heure on reprend ſa Couronne,*
*Vne main qui la rend, vaut vne qui la donne.*
*Qui n'eſt venu combattre eſt venu triompher,*
*Sa derniere action ne ſe peut eſtouffer;*
*Et quand bien ſa lenteur oſteroit de ſa gloire,*
*Il en demeure aſſez pour faire peine à croire.*
*Enfin Voltare arriue, & tout victorieux*
*Il apporte auec luy des lauriers à mes yeux;*
*Peut-eſtre que ſans eux, il n'euſt oſé paroiſtre,*
*Que ſon noble deſſein fût de venir en Maiſtre,*

*Que son ambition fût qu'on parlast de luy,*
*Et qu'il voulût venir, tel qu'il vient auiourd'huy.*

## MELITE.

*Les succés non communs ont cette difference*
*Qu'ils rencontrent chez nous vn peu moins de creance:*
*I'auois quelques raisons qui me faisoient douter.*

## BALDE.

*Et pour ne douter plus, tu n'as qu'à m'escouter.*
*Voltare ayant appris qu'on pressoit Cracouie,*
*Où respiroit encor le cœur de sa Patrie,*
*A ce funeste bruit sort comme d'vn sommeil,*
*Aux armes, c'est le mot, qu'il dit à son réveil;*
*Il mande ses amis, il ramasse vne Armée*
*Assez foible d'abord, qui depuis animée*
*De l'esprit & du cœur de ce Chef genereux,*
*Chaque pas qu'elle a fait, a fait vn pas heureux:*
*Il ne se souuient plus qu'il ait aimé Trasonte,*
*S'il s'en souuient par fois, il en rougit de honte:*
*Son Païs donnant cours à son ambition,*
*Et l'heur de me seruir faisant sa passion,*
*Il a porté par tout d'illustres funerailles,*
*Tant qu'il est en ce iour reçeu dans nos murailles.*
*Ce secours arriué me rend le cœur plus fier,*
*Vn ennemy qui laisse entrer vn tel Guerrier,*

*Sans doute ne veut pas l'attendre en ses sorties,*
*Les flammes de Trasonte en seront rallenties.*

MELITE.

*Outre que s'il s'obstine à vous persecuter,*
*Vous auez vn moyen qui le peut arrester.*

BALDE.

*Et comment?*

MELITE.

*Vous pouuez faire vne autre alliance,*
*Son amour en aura bien moins de violence,*
*La plus forte qui soit, ne sçauroit se garder*
*Quand elle perd l'obiet qu'elle a crû posseder.*
*Si proche cependant d'estre plus malheureuse*
*Que vostre Maiesté soit moins ambitieuse,*
*Et presques sur le point de receuoir la Loy;*
*Si c'est trop vous flatter de vous promettre vn Roy,*
*Madame croyez moy, brauez vostre misere,*
*Pourquoy chercher des Rois quād vous les pouuez faire?*
*Voltare qui vous sauue, est du Sang de nos Rois,*
*Et ie sçay que le Peuple approuueroit ce choix.*

BALDE.

*Ah! ie me sens frapper par où ie suis sensible,*
*Mon amour il est temps de te rendre visible,*

*Ne dissimulons plus, parois ma passion,*
*Tu peux te descouurir sans indiscretion.*
*C'est parce que i'aimois, que i'ay haï Trasonte:*
*Melite ie puis donc te declarer sans honte*
*L'empire que Voltare exerce sur mon cœur*
*Qui ne peut resister à ce noble Vainqueur;*
*Apprens encor de moy qu'il respond à ma flamme,*
*Tiens, voy dans cét escrit tout le fonds de son ame.*

MELITE ayant leû tout bas vne Lettre que Balde luy a donnée.

*Qui donc de cette amour peut retarder l'effet,*
*Que ne l'espousez vous?*

BALDE.

*Et si c'en estoit fait.*

MELITE.

*Ah Dieux c'en seroit fait!*

BALDE.

*Melite s'émerueille,*
*Quand ie dis que i'ay fait ce qu'elle me conseille:*
*Tous deux enfans nourris dans la mesme maison,*
*Nous eusmes de l'amour sans auoir de raison,*

*Et lors que ie deuins vn peu plus raisonnable*
*Voltare me sembla deuenir plus aimable;*
*Ie m'apperçeus bien tost qu'auec le iugement*
*Mon estime augmentoit pour mon fidelle Amant,*
*Et l'âge que i'auois me faisoit mieux connoistre*
*Ses belles qualitez qui commençoient à naistre.*
*Ma mere auec plaisir regardoit nostre amour,*
*Sous son adueu Melite, il croissoit chaque iour,*
*Et ie croyois pouuoir poursuiure sans offence*
*Ce que ie commençay dans l'âge d'innocence.*
*Le diray-ie, à douze ans ie luy donnay ma foy*
*De n'en faire iamais regner d'autre auec moy;*
*I'en passay la promesse, il me la fit souscrire,*
*Et c'est là cét hymen que ie t'ay voulu dire.*
*Il partit pour l'Armée, où mille faits diuers*
*Porterent son renom au bout de l'Vniuers;*
*Mais son dernier exploit qui sauue Cracouie*
*Est à mon iugement le plus beau de sa vie.*
*Que nos malheurs presens seroient heureux pour moy,*
*Si ie pouuois par eux aimer ce que ie doy!*
*Et couronner bien moins sa vertu que ma flamme,*
*Feignant recompenser la grandeur de son ame.*

MELITE.

*Il le faut, & chacun aimera cét appuy,*
*Madame, mais l'on vient, & sans doute c'est luy.*

# SCENE SECONDE.

## VOLTARE, ADOLPHE.

Trouppe des Sarmates.

BALDE.

*PRince, par quel motif d'vne ame genereuse*
*Armez vous auiourd'huy pour vne malheureuse?*
*Quel bon Destin pour moy vous amene en ces lieux?*

VOLTARE.

*Le desir de mourir ou de vaincre à vos yeux,*
*I'embrasse l'vn ou l'autre, & i'y cours, mais vos charmes*
*Me font bien esperer du succés de mes armes;*
*Que ne feray-ie pas au milieu du danger,*
*Quand vos regards puissans viendront m'encourager?*

BALDE.

*Ie croy que ma presence est fort peu necessaire,*
*Où vous faites sans moy tout ce qui se peut faire,*

*Et vos*

*Et vos rares exploits sont des preuues à tous,*
*Que vous n'auez besoin pour vaincre que de vous.*
*Le succés de la nuit en donne vn beau presage,*
*Non pas que ce soit là vostre plus bel ouurage,*
*D'auoir guidé vos pas dans vn Camp d'ennemis,*
*Qui de vostre grand cœur se seroit moins promis;*
*Trasonte vous aimoit, & vous l'aimiez Voltare,*
*Entre tous vos exploits c'est icy le plus rare,*
*Et qui merite mieux le tiltre de Vainqueur,*
*Quand vous auez deffait Trasonte en vostre cœur.*
*C'est là qu'il combatoit auec plus de puissance;*
*C'est là qu'auant se rendre il a fait resistance;*
*C'est là qu'il a fallu vous vaincre le premier,*
*Et de tous vos succés c'est là le plus guerrier,*
*Où vous auez vaincu le Vainqueur de Trasonte,*
*La plus belle victoire est quand on se surmonte.*

VOLTARE.

*Helas!*

BALDE.

*Vous souspirez.*

VOLTARE.

*C'est de l'auoir aimé.*

BALDE.

*Qu'auoit-il tant en luy qui vous pût lors charmer?*

VOLTARE.

*Certains ie ne sçay quoy par qui le cœur s'attire,*
*Des attraits qu'on peut voir, & qu'on ne sçauroit dire;*
*Des regards rencontrez, des accords innocens:*
*Certes ie croy pour moy qu'il est des pas glissans,*
*Où nostre ame s'engage, où la cheute est certaine,*
*Où l'on se trouue aimer ce qu'on connoist à peine.*
*Ces rapports naturels ayant fait nostre amour,*
*Par mille occasions il crût de iour en iour:*
*Mais si tost qu'il osa contre vous entreprendre,*
*I'accourus à sa perte, & vins pour vous deffendre.*
*Ie confesse pourtant que ie sens en mon cœur*
*Vn mouuement secret qui parle en sa faueur,*
*Et que ie l'aimerois encore ce me semble,*
*Si ie pouuois l'aimer & vous seruir ensemble:*
*Mais ne pouuant.*

BALDE.

*Ainsi vous voulez me forcer*
*De m'auoüer ingratte à vous recompenser.*

VOLTARE.

*Madame, le bonheur de vous estre agreable,*
*Paye tous mes trauaux & me rend redeuable.*

BALDE.

*Non, non, ie ne veux pas que vos genereux faits*
*L'emportent hautement par dessus mes bienfaits,*
*Ny que vostre vertu triomphant d'vne Reine,*
*Entre ses obligez compte sa Souueraine;*
*Cette presomption attire le mépris,*
*Et ie ne reçoy point de seruice à ce prix.*
*Possedez tous mes biens, Prince ie vous les donne,*
*Vous auez soustenu mon Sceptre & ma Couronne;*
*Qui les-a soustenus, les pourra bien porter.*
*Toy Peuple que son bras est venu racheter;*
*Ie veux qu'il soit ton Maistre, & qu'en cette iournée,*
*Trasonte son Riual sçache nostre hymenée.*
*Ciel vous n'auiez point fait d'Espoux digne de moy,*
*Adorable Vertu i'en reçois vn de toy;*
*Depuis vn si longtemps tu fus abandonnée,*
*Ie iure qu'auiourd'huy tu seras couronnée.*

ADOLPHE bas.

*Qu'ay-ie entendu, grands Dieux?*

VOLTARE.

*Madame en m'obligeant*
*Vous imitez les Dieux qui font tout du neant;*

BALDE.

*Si c'est les imiter, ce n'est pas leur déplaire,*
*De faire à leur refus ce qu'ils auoient deû faire.*
*Prince prenez mon Sceptre, ils ont deû vous l'offrir,*
*Et ne l'ayant pas fait, ie n'ay pû le souffrir;*
*Peut-estre ont ils voulu me reseruer la gloire*
*De vous faire regner.*

VOLTARE.

*Comment le pouuoir croire?*
*Quand vos rares bontez qui trauaillent pour moy*
*Me rendent plus esclaue, & me rendent moins Roy.*

BALDE.

*Voltare (ay-ie oublié que ie parle à mon Maistre?)*
*Seigneur (mais ie ne puis pour tel vous reconnoistre,*
*Qu'acceptant ma Courõne, & qu'aprouuant mon choix,*
*Vous ne vouliez encor m'obeïr vne fois;)*
*Si donc de mon pouuoir c'est la derniere marque,*
*Prince encor cette fois, & pour tousiours Monarque,*

*Auant que mes desirs cessent d'estre absolus,*
*Suiuez les, car bien tost ils ne le seront plus.*

VOLTARE.

*I'obeïs à ma Reine, & mon ame confuse*
*Contre ses volontez ne trouue point d'excuse:*
*Mais à condition de luy restituer*
*Ce Sceptre qu'en mes mains elle va confier.*
*Lors que ie l'auray teint dans le sang de Trasonte,*
*Peut-estre en fera t'elle en ce temps plus de conte;*
*Et quand de nostre main sa main l'aura repris,*
*Qu'elle voudra pour lors le mettre à plus haut prix.*

BALDE.

*Peuple allez proclamer vostre Roy dans la Ville,*
*Qu'on allume des feux, mais que me veut Rutile?*

La Troupe des Sarmates sort.

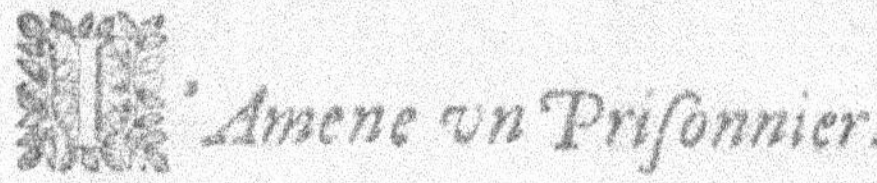

## SCENE TROISIESME.

RVTILE, CAMBISE lié de chaisnes.

Gardes de la Reine.

RVTILE.

I'Amene vn Prisonnier.

BALDE.

*Est-ce toy qui l'a pris?*

RVTILE.

*Non, c'est toute l'Armée; & tous vos ennemis,*
*Moins à craindre que luy nous ont fait moins de peine;*
*Ie ne sçay pas s'il est Soldat ou Capitaine,*
*Il a fait l'vn & l'autre en trois fameux combats,*
*Que luy seul a rendu contre tous vos soldats;*
*Il a pris & repris trois fois la demy lune,*
*Abandonné de tout, mesmes de la Fortune.*

BALDE.

*Pour moy ie hay les fers que donne le malheur,*
*Et chez les Ennemis i'estime la valeur;*
*Vous Prince qui rompez, & qui donnez les chaisnes,*
*Qui sauuez les Subiets, & captiuez les Reines,*
*Laissez briser ces fers, en faueur de ce iour,*
*Ou nos cœurs sont vnis par les liens d'amour.*

VOLTARE.

*Rompez les, i'y consens, mais de grace ma Reine,*
*Ne le déliez pas, ou donnez moy sa chaisne,*
*Lors que vous deliurez vn homme à qui ie doy*
*Ses fers que vous ouurez, doiuent estre pour moy;*
*En traittant bien Cambise, on oblige Voltare,*
*I'ay connu ce captif & son merite rare;*
*Il m'a sauué la vie vne fois que surpris*
*Ie fus auec son Roy par vn gros d'Ennemis,*
*Amy, bien qu'auiourd'huy l'interest nous diuise,*
*Ie suis tousiours Voltare, & vous tousiours Cambise,*
*Et les loix de l'honneur sans les interresser,*
*Vous permettent encor de pouuoir m'embrasser.*

CAMBISE en l'embrassant.

*Seigneur, quelle faueur, Madame, quelle grace,*
*Apres tant de bontez que faut-il que ie face?*

*Prince, Reine, est-ce vous que i'ay persecutez,*
*Qui vous vangez de moy par des ciuilitez?*
*Madame, pardonnez, si mon Roy par les armes*
*Poursuit tant de vertus iointes à tant de charmes;*
*Et si pour en ioüir en qualité d'Espoux,*
*Il fait tout son possible, & pour & contre vous.*

BALDE.

*Que desormais ton Roy perde toute esperance,*
*De pouuoir auec moy contracter d'alliance.*
*Tiens, reconnoy l'Espoux que i'ay pris auiourd'huy,*
*Retourne promptement chez Trasonte, & dis luy*
*Que Voltare en ces lieux est à present le Maistre;*
*Que s'il ne le croit pas, on luy fera connoistre.*

VOLTARE.

*Madame, si plustost i'escriuois à son Roy.*

BALDE,

*Seigneur, vous le pouuez.*

VOLTARE.

*Qu'on le mene chez moy.*

BALDE.

BALDE.

Les Gardes de la Reine sortent auec Cambise.

*Adolphe, demeurez icy, vous voyez Sire,*
*Celuy dont les conseils ont regy mon Empire;*
*Vn Ministre loyal qui fut tout mon support.*

## SCENE QVATRIESME.

VN GARDE.

*MAdame, l'Ennemy fait vn nouuel effort,*
*Il paroist.*

VOLTARE.

*Ie te suis, ie vous laisse Madame.*

BALDE.

*Seigneur, laissez moy donc la force de vostre ame,*
*Et prenant de ma peur, ou de mon amitié,*
*D'vn sexe foible vn peu montrez vous la moitié;*
*Espargnez vous, tandis que par des Sacrifices*
*I'engageray les Dieux à se montrer propices;*

*Iusqu'icy vostre bras a combatu pour nous,*
*A present vous pouuez aller vaincre pour vous.*

Voltare, Balde, & Melite sortent.

# SCENE CINQVIESME.

## ADOLPHE, RVTILE.

ADOLPHE.

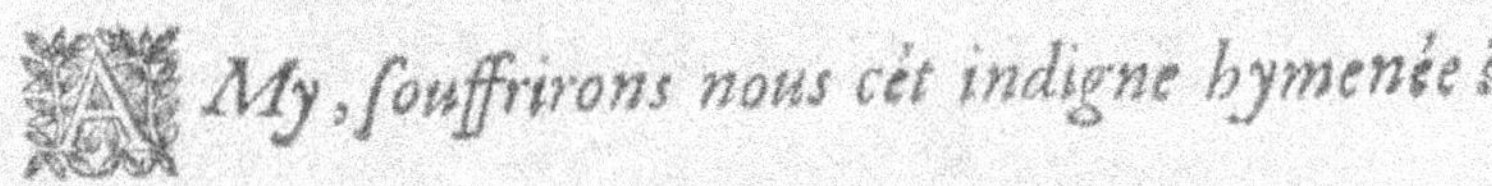

*My, souffrirons nous cét indigne hymenée?*

RVTILE.

*Et comment l'empescher si Balde s'est donnée?*

ADOLPHE.

*Ie sçay de bons moyens pour rompre ce proiet,*
*Qui nous rend auiourd'huy les subiets d'vn subiet;*
*Il ne faut qu'apeller Trasonte dans la Ville,*
*Si vous y consentez, ce dessein est facile.*

RVTILE.

*Ouy, ie vais m'assurer de tous les Pont-leuis.*

ADOLPHE.

*Allez, & i'auray soin de luy donner l'aduis;*
*Mais allons sans tarder, & faisons que sur l'heure*
*Trasonte soit le Maistre, & que Voltare meure.*

Fin du premier Acte.

# ACTE II.

## SCENE PREMIERE.

TRASONTE, ERGATTE.

Troupe de Gardes, ayans tous l'Espée à la main.

TRASONTE.

*BALDE, malgré les Dieux, declarez contre moy,*
*Ie seray ton Espoux, ou ie seray ton Roy;*
*I'ay forcé tes Ramparts, ie suis dans Cracouie,*
*Resous toy de m'offrir ou le cœur ou la vie,*
*Prens moy pour ton bourreau, prens moy pour ton Amant,*
*Tu peux choisir des deux, mais choisis promptement.*

## ERGATTE.

*Sire, on nous aduertit que dans la Citadelle*
*La Reine a fait retraite, & Voltare auec elle;*
*La Place est de deffence, & Voltare a du cœur,*
*Ce Siege assurément tireroit en longueur.*

## TRASONTE.

*Ce traistre auroit du cœur, & tu le crois Ergatte,*
*Luy qui contre vn Amy tourne vne main ingratte;*
*Ce lasche, ce brutal, qui me doit ce qu'il est;*
*Luy dont i'ay tant de fois embrassé l'interest;*
*Luy que pour proteger i'entrepris mille Guerres;*
*Luy que tout fraischement i'ay reçeu dans mes Terres;*
*Qui reconnu qu'il fut pour vn Chef de Party,*
*Des fureurs du feu Roy fut par moy garanty.*
*Apres tant de serments, apres sa foy promise,*
*Où trop imprudemment la mienne fut surprise;*
*Sur qui pour mon malheur ie m'estois reposé,*
*Est-il rien de plus traistre ou de plus abusé;*
*Grace plus mal reçeuë, amour plus maltraittée,*
*Vne fois moins tenuë, & si bien meritée?*
*Allegue si tu veux qu'il deffend son Païs,*
*Oppose son deuoir à ses serments trahis:*
*Mais enfin s'il a deû me preferer sa Reine,*
*S'il aime son Païs sans redouter ma haine;*

*Ie consens à regret qu'il se perde auec luy;*
*Et bien que dans sa mort ie trouue de l'ennuy,*
*Tendresse esloignez vous, qu'il combatte s'il ose,*
*Qu'il perisse s'il veut, luy seul en est la cause;*
*D'vn bras desia leué qu'il ressente les coups,*
*Et s'il tombe, pourquoy s'est il trouué dessous?*
*Iusqu'icy l'amour seul a gouuerné mes armes,*
*Amour qui prend plaisir à ceder à des charmes;*
*Amour qui hait le sang, & qui va mal aux coups:*
*Mais donnons leur pour chef vn horrible courroux;*
*Aimons & haïssons, & qu'auiourd'huy tout tremble,*
*Quãd i'auray ioint ma haine & mon amour ensemble:*
*Ie tiens pour ennemy qui ne suiura mes pas;*
*Timides Conseillers ne vous presentez pas,*
*Vn noble desespoir rarement a du pire,*
*Mourir ou me vanger, est le but où i'aspire;*
*Poursuiuons nos exploits, & sous ce Chef nouueau*
*Faisons icy mon Trosne, ou faisons mon Tombeau.*

## ERGATTE.

*Vn noble desespoir rarement a du pire,*
*Ie l'auouë auec vous: mais i'ose bien vous dire*
*Que Voltare est vn Chef prudent & genereux,*
*Et qu'estant l'vn & l'autre, il n'est pas moins heureux.*
*Vous n'en sçauriez douter, il vous l'a fait connoistre,*
*Et qui l'aura veû tel que ie l'ay veû paroistre;*

*Cette nuit quand ses yeux brillants auec son fer,*
*Il a sur nostre Camp passé comme vn esclair,*
*Et couurant de corps morts la face de la Terre,*
*Il a fait dans l'instant l'Esclair & le Tonnerre:*
*Qui l'aura veû, Seigneur, comme vn ieune Lion*
*Marcher pompeusement en cette occasion,*
*Ne doit pas souhaitter de le voir dauantage.*
*Mais qui ne l'a pas veû qui n'ait tourné visage?*
*Ie sçay ce qu'il en couste, & ce qu'on a perdu*
*Dans quatre Bataillons qui l'auoient attendu;*
*Vn tiers en est deffait, vn autre a pris la fuitte,*
*Et caché dans les bois croit Voltare à sa suitte:*
*Le reste qu'à l'assaut vous auez fait monter,*
*Blessé, pris, mort ou las, ne se doit plus compter.*
*Sire, moderez donc vostre iuste colere,*
*Que ie n'empesche pas, bien que ie la differe.*

## TRASONTE.

*Hé bien, ie veux me rendre à vostre sentiment,*
*I'ay trouué le moyen de finir autrement*
*Vne Guerre pour nous fatale en sa durée,*
*Donnons aux Ennemis la Paix si desirée;*
*Et sans nous exposer à tant d'extremitez,*
*Qu'vne teste en tombant esgale les costez.*
*Voltare est l'ennemy qu'auiourd'huy ie regarde,*
*Ie pardonne au Païs, que luy seul se hasarde;*

*Ie consens qu'vn Subiet se batte contre vn Roy,*
*Et ie suis satisfait s'il y perit, ou moy.*

ERGATTE.

*Sire, considerez dans le rang où vous estes,*
*Qu'il risque contre vous bien moins que vous ne faites;*
*Qu'auec vn peu de cœur il se deffendroit bien.*

TRASONTE.

*De cœur, il n'en a plus, puis qu'il n'a plus le mien.*

ERGATTE.

*Vn Monarque irrité fait marcher vne Armée,*
*Il est vray que sa voix la rend plus animée:*
*Mais il ne doit iamais se trouuer au combat,*
*Ou s'il veut s'y trouuer, ce n'est pas en Soldat;*
*C'est comme vn General, dont l'illustre presence*
*R'asseure en vn besoin le costé qui balance;*
*Son œil qui veille à tout, faisant plus que son bras,*
*Il combat en des lieux, encor qu'il n'y soit pas;*
*I'entens que sa Vertu se peut faire connoistre,*
*Où pour estre partout, il ne sçauroit pas estre,*
*Et qu'il gagne ou qu'il pert selon ce qui s'y fait,*
*Son renom qui dépend de l'ordre qu'il y met.*
*Ainsi dedans nos mains laissez vostre vangeance,*
*Et ne nous assistez que de vostre prudence:*

*Ainsi tout vostre Estat qui vient pour vous vanger,*
*Le va faire Seigneur, sans vous mettre en danger;*
*Vostre vangeance ainsi sera plus assurée,*
*Quand elle aura pour Chefs plusieurs qui l'ont iurée.*

TRASONTE.

*Non non, ie ne veux point remettre à d'autres bras*
*A punir vn affront qui ne les touche pas;*
*Et i'auray le plaisir de vanger ma querelle.*

# SCENE SECONDE.

CAMBISE.
TRASONTE.

*Mais Cambise paroist, qu'vne fausse nouuelle,*
*Au combat du matin a fait passer pour mort;*
*Ie le connois, c'est luy, Cambise par quel sort?*
*Ah! c'est vostre bonté, grands Dieux qui le ramene.*

CAMBISE.

*Sire, c'est vn effet de celle de la Reine,*

*C'est sa ciuilité qui me rend à la Cour,*
*Et c'est à sa vertu que ie dois mon retour;*
*Où s'il faut partager vne action si rare,*
*Ie deuray quelque chose au souhait de Voltare.*
*Auant que d'estre pris ie m'estois deffendu,*
*C'estoit au nombre seul que ie m'estois rendu;*
*La Reine qui l'aprit, m'estima dauantage;*
*Et voulant auec moy disputer de courage,*
*Apres m'auoir loüé, me mit en liberté,*
*Et ie fus cette fois vaincu par sa bonté.*

## TRASONTE.

*Brise là, cher Cambise, espargne moy le reste,*
*Ce recit pour mes maux n'a rien que de funeste;*
*Et toy cruel amour que ie n'escoute plus,*
*Que tu me fais, helas, combattre de Vertus?*
*Que? Cambise de plus n'as tu rien à me dire?*

## CAMBISE.

*Que Voltare possede & la Reine & l'Empire,*
*Et qu'à present qu'hymen les ioint par ses liens,*
*Tout ce que vous prendrez sera pris de ses biens;*
*Qu'ainsi si vous gardez pour luy quelque tendresse.*

## TRASONTE.

*Non, & si ie sentois quelque indigne foiblesse,*
*Quelque bas sentiment qui restast dans mon cœur,*
*Ie le desauouërois. Voltare ingrat, trompeur,*
*Ie ne t'accuse plus de ta foy violée,*
*D'vn serment malgardé; mais d'vne amour volée;*
*Vn amour que deuoit ta Reine à tous mes soins,*
*Et qu'obtient vn Subiet qui pour elle en eut moins.*
*Lasche (car il est temps que ma douleur s'exprime,)*
*Si tu m'aimas iadis, viens soustenir ton crime!*
*Mais non point par le sang de tes nouueaux Subiets,*
*Victimes des Tyrans, & de leurs interests;*
*Ils sont assez punis de t'auoir pour leur Maistre,*
*Estant tout seul coupable, ose tout seul paroistre.*
*Ie dois apprehender en vn combat rangé,*
*Que ie t'y treuue mort sans que ie sois vangé,*
*Et que d'vne autre main ta lascheté punie*
*Me fasse souhaitter de te reuoir en vie.*
*Cambise, allez vous-en cheZ ce Roy pretendu,*
*Dittes luy que son Sceptre est vn bien qui m'est deu;*
*Et que s'il garde encor pour moy quelque tendresse,*
*Il ait à me ceder ce Sceptre & ma Maistresse:*
*Sinon, vous luy direz que Trasonte l'attend*
*Pour vuider seul à seul le droit qu'il y pretend.*

*Allez, & cependant donnons tréve à la Reine,*
*Contre son Espoux seul tournons toute ma haine;*
*Ou si contr'elle encor ie garde du courroux,*
*C'est la punir assez de perdre son Espoux.*

CAMBISE.

*Seigneur, il m'a donné cette Lettre à vous rendre.*

TRASONTE en la dépliant.

*L'ingrat par cét escrit preten-t'il se deffendre?*

Il lit tout haut.

*Sire, ne craignez pas que ie mette en oubly*
*Le serment d'vnion entre nous estably;*
*Donnez donc vn moment pour voir ce qui separe*
*Le cœur du Roy Trasonte, & celuy de Voltare:*
*Ma Patrie est ma Mere, on deschire son flanc,*
*Vous auois-ie promis de voir couler son sang?*
*Vostre amour ne peut pas me quitter vne femme,*
*Dont les yeux innocens ont captiué vostre ame;*
*On ne la peut ceder sans mourir de douleur:*
*Mais helas si ma mort vous laissoit dans son cœur,*
*Ie chercherois bientost ce qui me peut destruire*
*Afin de vous seruir, ou pour ne vous plus nuire;*
*Ne prenez pas ces traits d'vne sincere amour*
*Pour de faux complimens dont se pare la Cour;*

*S'il ne faut que mourir pour vous donner la Reine;*
*Si mon sang respandu peut esteindre sa haine,*
*Ie sors pour l'exposer, & ie sors au milieu*
*De six mille Soldats: Vous me verrez. Adieu.*

Il dit.

*Ergatte prens le soing de mon Infanterie,*
*Cambise, commandez à ma Caualerie;*
*Faites doubler la Garde, allez & promptement,*
*Que tout soit à cheual au premier mandement:*
*Allez, tenez tout prest, ie vous le recommande,*
*Il paroistra bientost selon ce qu'il me mande.*

Ergatte, Cambise & les Gardes sortent.

TRASONTE seul reprend la Lettre & lit tout haut.

Sire, ne craignez pas. *Lasche i'aurois tremblé,*
*Si par mes actions ie t'auois ressemblé;*
*Si i'auois comme toy violé mes paroles;*
*Si ie t'auois volé le bien que tu me voles;*
*Si ie t'auois trahy ie tremblerois pour lors,*
*Et Trasonte auroit peur s'il auoit tes remords.*

Il lit.

Donnez donc vn moment. *Quoy, qui te iustifie?*
*Non, ie hay ce moment qui prolonge ta vie.*

Il lit.

On ne le peut ceder sans mourir de douleur :
Mais helas si ma mort vous laissoit en son cœur.

Il dit.

*Vrayment tes actions sont pleines d'innocence,*
*I'ay veû tes beaux exploits, voyons ton eloquence:*
*Mais plustost mesprisons ces discours superflus,*
*Ie te sauue l'affront de demeurer confus.*

Il deschire la Lettre, & dit.

*Il occupe mon Trosne, il m'enleue ma femme,*
*Et voulant auec moy brusler de mesme flamme:*
*(Vanité qui desia marque son peu de foy)*
*Le perfide fait tant qu'on le prefere à moy:*
*Et toy si mal payé de tant de complaisance,*
*Qui de ce traistre encor embrasse la deffence;*
*Mon cœur par tes soupirs n'accrois plus mon ennuy,*
*Si tu ne veux passer pour plus ingrat que luy;*
*Ton murmure secret me dit qu'il m'aime encore,*
*Apres qu'il m'a rauy la beauté que i'adore;*
*Qu'il a défait mes gens; grands Dieux si c'est m'aimer,*
*Il m'aime, tu dis vray, i'ay tort de le blasmer:*
*Mais qui des deux fait voir vne ardeur plus sincere?*
*Ou moy qui dans sa mort cherche à me satisfaire;*
*Moy qui mets tous mes soins à le priuer du iour,*
*Ou luy qui par vn vol m'a prouué son amour;*

*Mon cœur, parle; est-ce ainsi que l'amour se mesure,*
*Et la plus outrageuse est-elle la plus plure?*

## SCENE TROISIESME.

### ADOLPHE

*Sire, pardonnez moy si ie suis indiscret,*
*Et si ie viens icy troubler vostre secret.*

TRASONTE.

*Que ie t'embrasse Amy, qui perfide à toy mesme,*
*Viens de me couronner d'vn double Diadesme;*
*Qui deliures ta Ville en luy manquant de foy,*
*Et qui sers ton païs en me faisant son Roy.*

ADOLPHE.

*C'est moy qui par pitié, Sire & non point par haine,*
*Ay tasché de sauuer la gloire de ma Reine;*
*Qui par vn pur motif de generosité*
*Ay fait tout mon pouuoir pour sa prosperité;*
*Moy qui traistre & fidelle ensemble a ma Patrie,*
*En vous seruant contr'elle ay creu l'auoir seruie:*
*Et qui croirois encor meriter son courroux,*
*Si i'osois auiourd'huy la seruir contre vous:*

*C'est moy dont les aduis vous ont ouuert la Ville,*
*C'est moy qui vous ay fait sa prise plus facile;*
*Moy qui croyois la rendre heureuse entre vos mains,*
*Si la Reine, Seigneur n'eust trahy mes desseins,*
*Et sans me consulter conclu cét hymenée,*
*Qu'elle se doutoit bien que i'aurois condamnée.*
*Mais enfin c'en est fait, & dans le mesme iour*
*Qu'on parloit de combat, Balde parloit d'amour;*
*Tout luy sembloit heureux quand tout estoit sinistre,*
*Elle n'escoutoit plus la voix de son Ministre;*
*Elle aimoit ses plaisirs en vn temps dangereux,*
*Ainsi mesme en mourant ce sexe est amoureux.*
*Encore si son cœur reglé par sa naissance*
*Eust cherché par l'hymen quelque haute alliance;*
*Si l'vn de ses Subiets vn homme qui vaut peu*
*N'estoit pas en ce iour le suiet de son feu.*

TRASONTE.

*Adolphe, croyois tu ce sexe raisonnable?*
*Ce sexe aime tousiours, mais iamais rien d'aimable;*
*Souuent il est aueugle auec tous ses beaux yeux,*
*Qui par fois ne sont pas ceux qui voyent le mieux.*
*Toute aueugle qu'elle est, Balde me plaist encore,*
*Et son indigne Espoux est le seul que i'abhorre.*
*Amy, contre luy seul i'implore ton secours.*

ADOL-

## ADOLPHE.

*Sire, mon aßistance est vn triste recours:*
*Mais si ie puis trouuer le moyen de luy nuire,*
*Ie n'espargneray rien qui serue à le destruire;*
*Cependant ie vous donne vn aduis assuré,*
*Que Voltare au combat s'est desia preparé;*
*Qu'il auance en trois corps; qu'en ces trois corps auance*
*Tout ce qui reste icy de force & de puissance:*
*Ainsi si vous pouuez le vaincre en ce combat,*
*Balde dans son Chasteau n'a pas vn seul soldat.*

## TRASONTE.

*Ie le sçay, laiße moy le soin de cette affaire,*
*Et va t'en prés la Reine à ta Charge ordinaire.*
*Mais auant ton retour, Adolphe embrasse moy,*
*Et songe en me seruant que tu sers vn grand Roy,*
*Qui peut donner vn prix égal à tes seruices.*

## ADOLPHE.

*Si ie puis rien par force, ou par mes artifices*
*Pour vous faire obtenir ce que vous desirez,*
*Seigneur, soyez certain que vous reüßirez.*

Adolphe sort.

# SCENE QVATRIESME.

## ERGATTE.

*Sire, l'Ennemy sort, & Voltare à la teste,*
*De mesme qu'vn torrent rompt tout ce qui l'arreste.*

## TRASONTE.

*Allons monstrer, Ergatte, vn illustre courroux,*
*Nous vaincrons, il est iuste, & les Dieux sont pour nous.*

Fin du second Acte.

# ACTE III.

## SCENE PREMIERE.

MELITE, BALDE.

MELITE.

*V courrez vous, Madame?*

BALDE.

*A qui suit vn Espoux,*
*Melite il te sied mal de dire où courrez vous.*
*Voltare est au milieu du fer & de la flame,*
*Et parmy tant de traits qui perçent tous mon ame;*
*Tu ne sçais où ie vais, ie vais entre les coups*
*Le suiure, & luy crier Voltare, où courrez vous.*

MELITE.

*Il va perdre Trasonte, & sauuer sa Patrie,*
*Desia les ennemis sont hors de Cracouie.*

BALDE.

*S'exposer sans mon ordre, & sans dire pourquoy,*
*C'est bientost que desia vouloir faire le Roy;*
*Peut-il sans mon congé hasarder vne vie,*
*Dont la perte seroit de ma perte suiuie?*
*S'il estoit mort, Melite.*

MELITE.

*Il a beaucoup de cœur,*
*Et dans tous ses combats il fut tousiours vainqueur.*

BALDE.

*Mais s'il l'heur vne fois abandonnoit ses armes,*
*Helas que cette fois me cousteroit de larmes;*
*Quelle suitte de maux me viendroit assaillir?*
*Il ne faillit iamais, mais s'il alloit faillir;*
*(Car en fin il le peut, & c'est à quoy ie pense,*
*Quand la premiere faute est de cette importance.)*
*Si Voltare est vaincu, ie demeure au pouuoir*
*Du Tyran qui m'assiege.*

MELITE.

*Il y sçaura pouruoir.*
*Ce Prince est admirable en toute sa conduitte,*
*Et ses commencemens respondent de leur suitte.*

BALDE.

*Cesse de me loüer sa prudence & son cœur,*
*Ie sçay qu'en ce combat il peut estre vainqueur:*
*Ie le souhaitte, ainsi: mais cette indifference*
*D'estre vainqueur ou non, fait mon impatience.*
*Quel mépris qu'vn Subiet, dés que ie l'ay fait Roy,*
*Reiette mes conseils, & se moque de moy?*
*Mais quel aueuglement d'exposer tout son monde?*
*Son imprudence helas, n'auroit point sa seconde,*
*Si par vn accident qui luy peut arriuer,*
*Aux lieux où sans besoin il s'est voulu trouuer*
*Il perdoit sa Couronne, & sa vie & sa femme:*
*Ah Melite! il le peut, & c'est ce que ie blasme.*

MELITE.

*I'admire vos terreurs, ie voy que vous feignez*
*Tout ce qu'on sçauroit craindre, & que vous le craignez:*
*Qu'est deuenu ce cœur, Madame i'en ay honte?*
*Vous tremblez quand on va vous vanger de Trasonte.*

BALDE.

*Ie confesse mon peu de resolution,*
*Quand il faut qu'vn Espoux serue ma passion,*
*Et renonce au dessein de punir vn Barbare,*
*Si ie ne le puis pas sans exposer Voltare:*
*Mais desia ce grand bruit, & ce monde interdit*
*M'apprend la Verité de ce que i'ay prédit.*

# SCENE SECONDE.

## TROVPE DE SARMATES.

VN DE LA TROVPE.

*Retirez vous Madame, il n'est plus dans la Ville*
*De seureté pour vous.*

BALDE.

*O valeur inutile!*
*Hé bien Melite: ô coup qui mets Voltare à mort!*
*Helas! bien que preueû, tu n'en és pas moins fort.*

Elle resve vn peu de temps, & puis dit.

*Dans l'estat où ie suis sans aide de personne,*
*Que sçaurois-ie esperer lors que tout m'abandonne?*
*Grands Dieux, où m'adresser sinon entre vos mains,*
*Quand mes maux ont vaincu les remedes humains?*
*Si les vœux qu'on vous fait vous rendent plus propices;*
*Si vostre Maiesté se plaist aux Sacrifices,*
*Secourez mon Royaume en ce pressant danger,*
*Et par vn libre vœu ie vay vous l'obliger;*
*Ie vous l'engage tout, si suiuant ma priere,*
*Ce Païs peut auoir sa liberté premiere;*
*Si i'ay pouuoir encor, venez choisir grands Dieux*
*Ce qui m'est le plus cher, & ce qui vaut le mieux;*
*Marquez vne victime en toute l'estenduë,*
*Certains qu'à vostre choix elle sera renduë,*
*Et que ie vous tiendray ce que ie vous promets:*
*Si i'y manque grands Dieux, ne m'escoutez iamais.*

# SCENE TROISIESME.

## VN GARDE.

*Trasonte triomphant entre dans Cracouie*
*Sur le Char de Voltare.*

BALDE.

*Et vous estes en vie?*
*Traistres qui mescoutez, si vous auiez du cœur.*
*Mais esuitons les yeux de ce cruel vainqueur.*
*Allons.*

Elle veut sortir.

# SCENE QVATRIESME.

## TRASONTE, VARNES.

TRASONTE ayant l'Espée à la main.

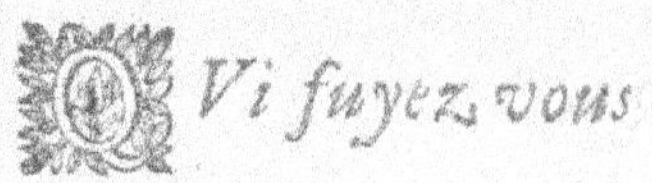

*Qui fuyez vous?*

BALDE.

BALDE.

*Acheue ton ouurage;*
*Baigne toy dans mon sang pour assouuir ta rage:*
*C'est en cét appareil Tyran que tu me plais,*
*Enfin voila ce cœur, tiens, & te satisfais:*
*Mais crains que ta douceur ne te rende execrable,*
*Toy qui dans ta fureur as pû m'estre agreable:*
*Ie t'aime, que le mot est doux pour vn Amant,*
*Mais tu ne l'entendras que durant vn moment;*
*Fais-le donc par ma mort le dernier de ma vie.*
*Ou crains que si ie parle encor, ie ne le nie.*

TRASONTE s'agenoüillant, & mettant son Espée aux pieds de la Reine.

*Cette Espée à vos pieds.*

BALDE.

*Non non, arme mon bras,*
*Ie preuiendray mes maux par vn heureux trépas.*

VARNES arrestant la Reine qui veut prendre l'Espée.

*Quels sont ces maux?*

BALDE.

*Les maux qu'vn Tyran me prepare.*

Elle regarde Varnes, & le reconnoist.

*Est-ce toy qui iadis fut si cher à Voltare?*
*Varnes tu perds ton Maistre, & ie perds mon Espoux.*

VARNES.

*Mon Maistre, il est vainqueur, & desabusez vous.*

BALDE.

*Voltare?*

VARNES.

*Il va venir.*

BALDE.

*S'il est encore en vie,*
*Pourquoy dessus son Char Trasonte à Cracouie?*

TRASONTE.

*Voltare estoit vainqueur, ie deuois obeïr.*

BALDE.

*Mon Espoux à ce point a-t'il pû me haïr*

*Que d'espargner l'obiet de ma iuste colere :*
*Est-ce ainsi donc qu'il craint si peu de me déplaire?*

TRASONTE.

*Madame, n'a-t'il pû m'aimer sans vous haïr?*

BALDE.

*Non non, il ne t'a pû sauuer sans me trahir,*
*Coupable en son amour, coupable dans sa haine,*
*D'obliger vn Tyran, & d'offencer sa Reine;*
*Voltare, oses-tu bien sauuer des Ennemis,*
*Qui renuersent vn Trosne où ma faueur t'a mis.*

TRASONTE.

*Ce Trosne est affermy, donnez tréve à vos craintes,*
*C'est Trasonte auiourd'huy qui succede à ces plaintes:*
*Mais bien qu'il soit l'obiet des iniures du Sort,*
*Madame, estre à vos pieds, c'est vn grand reconfort;*
*Et si iamais le Ciel vous rendoit miserable,*
*Ie vous souhaitterois vne grace semblable.*
*Ouy, ie cheris les fers où m'a mis mon Vainqueur,*
*Et ma peine chez vous deuient vne faueur;*
*Heureux dans mon malheur d'auoir lieu de paroistre*
*Ce que ie fus tousiours, & ce que ie veux estre,*
*Vostre Esclaue, Madame.*

BALDE.

*Oste toy de mes yeux,*
*Qu'on face retirer cét obiet odieux.*

La Troupe des Sarmates emmene Trasonte.

*Mon Espoux est vainqueur, grands Dieux le dois-ie croire?*
*Non, ie combats encor apres nostre victoire;*
*Et si pour m'obliger tu m'en fais le recit,*
*Ie ne croiray iamais tout ce que tu m'as dit.*
*Varnes, ne me dis point auec quelle furie*
*Nos braues Citoyens ont repris Cracouie;*
*Ces morts des deux costez font vn triste Tableau;*
*Passe le pitoyable, & ne dis que le beau.*

VARNES.

*Le beau fut quand Voltare eut trouué dans la pleine*
*Trasonte ralliant ses Trouppes auec peine;*
*Le peu que son Armée auoit de genereux,*
*Faisoit vn beau rampart à ce Roy malheureux;*
*C'est là que deux Riuaux se voyans en presence*
*Vn Espoux assaillant, vn Amant en deffence,*
*Auoient tout preparé pour vn rude combat:*
*Mais d'abord le cheual de Trasonte s'abat,*
*Qui restant sous le poids d'vne armure pesante,*
*Est crû mort par les siens qui prennent l'espouuante.*

*Ce fut lors que Voltare esmeu par la pitié,*
*Ou par le souuenir de leur longue amitié,*
*Court pour le releuer, & d'assez loin luy crie,*
*Ie vous coniure Amy, de vous donner la vie;*
*Trasonte cependant faisoit encor effort,*
*Mais ie croy seulement pour meriter la mort;*
*Il auoit dans la main vne moitié de lance,*
*Dont les coups faisoient plus de pitié que d'offence:*
*Affoibly par le sang qui luy couloit d'vn bras,*
*Ce Prince malheureux nous disoit assez bas,*
*Ie meurs auec honneur, ie viurois auec honte,*
*L'on blasmera le Sort dans la mort de Trasonte;*
*On dira seulement, il n'estoit pas heureux,*
*Et s'il vit, on dira qu'il n'est pas genereux.*

BALDE.

*Vous deuiez contenter vne si noble enuie.*

VARNES.

*Voltare ne veut pas, il s'approche & luy crie,*
*Le Sort qui vous trahit, sera le seul blasmé,*
*S'il m'a fait le vainqueur, ie suis le moins aimé,*
*Partant le moins heureux, & i'ay le plus de honte*
*Lors que ie puis si peu sur l'esprit de Trasonte;*
*Lors que ie veux qu'il viue, & qu'il veut le trépas;*
*Lors que ie veux qu'il m'aime, & qu'il ne le veut pas;*

*Que c'est luy qui refuse, & que c'est moy qui prie;*
*Que ie demande vn cœur, & qu'il me le dénie.*
*Est-ce-là ce triomphe, est-ce là ce bonheur?*
*Viuez & partageons ensemble tout l'honneur:*
*Amy, vous le pouuez sans perdre vostre gloire,*
*Et daignez seulement tesmoigner ma victoire*
*En allant presenter vostre Espée à des pieds,*
*Où souuent vos desirs se sont humiliez:*
*Entrez dessus mon Char, & salüez la Reine,*
*Ce n'est pas vn affront, ce n'est pas vne peine;*
*Allez, si vous m'aimez, vous offrir à ses yeux,*
*C'est estre plus heureux que le Victorieux,*
*Et ie n'estime pas que la gloire en soit moindre;*
*Allez donc, luy dit il, ie vais vous y reioindre.*
*Trasonte ne veut point accepter cette loy,*
*Plustost que viure en lasche, il veut mourir en Roy.*
*Mais enfin l'amitié plus forte que la rage,*
*Mesle vn peu de tendresse à son trop de courage,*
*Par ses soumissions que n'obtient vn Vainqueur?*
*Il le touche, il l'embrasse, il luy gagne le cœur.*

# SCENE CINQVIESME.

## ADOLPHE.

## BALDE.

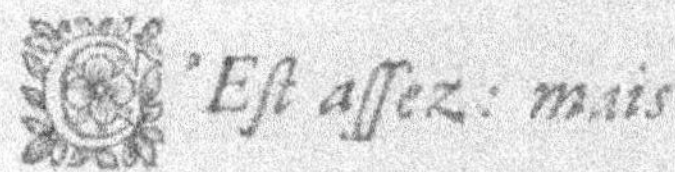

*C'Est assez : mais.*

ADOLPHE.

*Les Dieux vous ont esté propices,*
*Madame, vous deuez haster vos Sacrifices :*
*Vostre vœu leur a pleû.*

BALDE.

*Comment l'auez vous sçeû,*
*Ny que i'ay fait vn vœu, ny qu'aux Dieux il a pleû.*

ADOLPHE.

*Madame, i'ay suiuy vostre Espoux dans le Temple,*
*Où par vne vertu qui n'eut iamais d'exemple*
*Ce Prince estoit allé sacrifier à Mars,*
*Qui l'a si bien seruy dans ces derniers hasards :*

*La Victime a donné des presages sinistres,*
*En vain nous auons fait consulter les Ministres;*
*Ils ne nous ont promis que misere & qu'horreur,*
*Si les Dieux irritez n'appaisent leur fureur:*
*Ils taschoient d'en donner quelque raison certaine,*
*Quand vne voix confuse a parlé de la Reine,*
*Du salut du païs, des vœux qu'elle auoit faits,*
*Que souuent on oublie en suitte du succés.*
*Chacun dans sa frayeur l'a crû sans plus d'indices,*
*Et chacun auec ioye attend vos Sacrifices.*

BALDE.

*L'ignorance fondoit vn vœu que i'auois fait,*
*Vn vœu sans fondement demeure sans effet;*
*I'ay voüé sans peril sur vne fausse crainte,*
*Et mon illusion vaut bien vne contrainte.*

ADOLPHE.

*Le Ciel les approuuant a confirmé vos vœux.*

BALDE.

*Les vœux n'ont esté faits que pour les malheureux;*
*Mais lors que i'ay voüé, i'ay voüé sans misere;*
*Sans en auoir besoin ie faisois des prieres;*
*Voltare estoit vainqueur, & desia possedoit*
*Ce que mon trop de zele à vos Dieux demandoit.*

ADOL-

## ADOLPHE.

*Madame, de nos Dieux les faueurs sont plus grandes,*
*Que les dons qu'ils vous font preuiennent vos demandes:*
*Outre que vostre Peuple ayant appris vos vœux,*
*Dés qu'il s'est veû sauué, l'a crû deuoir aux Dieux;*
*Et respirant à peine il veut qu'on les acquitte,*
*Craignant par vn delay que le Ciel ne s'irrite.*
*Or ce Peuple zelé fait d'autant plus d'éclat,*
*Qu'il se croit appuyé par les Loix de l'Estat;*
*Que sa Religion luy donne ce scrupule,*
*Et que c'est sa façon ou bonne ou ridicule.*
*Madame, ie ne puis repeter sans horreur*
*L'effet de cette sainte ou brutale fureur;*
*(Car comment appeller de sainte ou de brutale)*
*Celle qui viola la Maiesté Royale;*
*Celle qui par le sang d'vn Roy de vos Ayeux*
*Establit cette loy d'immoler tout aux Dieux;*
*Quand ce Peuple voulut d'vn zele illegitime,*
*Qu'vn Roy d'vn vœu qu'il fit, fut pris pour la Victime.*

## BALDE.

*Qu'on me donne du temps, ie sçay ce que ie doy.*

Apres auoir resvé quelque temps.

*Grands Dieux, sauuez Voltare, & vangez vous sur moy.*
*Ie tremble, ie fremis.*

ADOLPHE.

*Pardonnez moy Madame.*
*Si ie ne connois pas ce qui trouble vostre ame;*
*Pour vous auoir parlé de ce qu'on doit aux Dieux,*
*De la Religion qu'on professe en ces lieux?*

BALDE.

*Tu m'as parlé de vœu, tu le sçais & tu doutes*
*D'où viennent mes frayeurs quand ce vœu les fait toutes.*
*Adolphe escoute moy, i'ay voüé le trépas*
*D'vne Victime illustre.*

ADOLPHE.

*Et qui?*

BALDE.

*Ie ne sçay pas.*
*Mais.*

ADOLPHE.

*Mais vostre esprit craint ce qu'il ne sçait encore?*

BALDE.

*Peut-estre qu'il le sçait, peut-estre qu'il l'ignore,*
*Peut-estre que l'amour l'empesche de le voir.*

ADOLPHE.

*Et peut-estre que deux le pourront mieux sçauoir.*
*Madame, expliquez vous.*

BALDE.

*Ie crains de le connoistre,*
*I'ay voüé d'immoler tout ce qui sçauroit estre*
*Entre tout mon Estat, de meilleur, de plus cher,*
*Adolphe le nommant, le condamne au bûcher.*
*Ie le dois aux Autels par vn vœu trop barbare,*
*Et le doute où ie suis, c'est que: mais ie m'égare.*

ADOLPHE.

*I'entens & ie succombe à ce coup de malheur,*
*Tout ce qu'eut vostre Estat de cher & de meilleur;*
*Est promis aux Autels par vn vœu trop barbare;*
*C'est auoir autant dit qu'auoir nommé Voltare.*

BALDE.

*Adolphe, as-tu dessein de me donner la mort?*

ADOLPHE.

*Que croire de meilleur si l'on ne luy fait tort?*

BALDE.

*Ah! c'est ce que ie crains, ô vœu qui m'assassine!*
*Qui fait pour me sauuer auance ma ruine;*
*Voltare n'est-il rien qui soit meilleur que vous?*
*Pourquoy valez vous tant, Voltare mon Espoux?*
*Adolphe, il vaut beaucoup: mais l'Estat en a d'autres;*
*Moy mesme.*

ADOLPHE.

*Preferant ses interests aux vostres,*
*C'est monstrer en voulant conseruer vostre Espoux,*
*Qu'il vous est le plus cher puis qu'il l'est plus que vous.*

# SCENE SIXIESME.

VOLTARE, estant desia entré sans estre apperçeu.

BALDE.

*Ciel reçoy d'autres vœux ou quelqu'autre victime,*
*Et si ie ne sçaurois te plaire sans vn crime.*

VOLTARE.

*Non non, ie la seray, prononcez-en l'Arrest,*
*Du reste vous verrez si vostre Espoux est prest.*

BALDE.

*Moy, prononcer l'Arrest, ie te suis peu connuë:*
*Moy, ie ferois tomber ceux qui m'ont soustenuë!*
*Que i'esprouue plustost & les fers & les feux,*
*Perisse mon Estat, & s'il faut à mes vœux*
*Immoler vn Espoux de qui ie tiens la vie,*
*Perdons tout, ie crains plus d'estre ingratte qu'impie.*

VOLTARE.

*Madame, on doit tenir ce que l'on a promis.*

BALDE.

*On ne doit point tenir ce qui n'est pas permis;*
*Immoler ce qui seul meriteroit de viure,*
*Ainsi l'impieté de tous se feroit suiure,*
*Personne ne voulant se parer de vertu,*
*Qui perdroit le suiet qu'elle auroit reuestu.*
*Non non, ne croyez pas qu'on tienne vne parole*
*Quand elle est temeraire, & qu'il faut qu'on immole*
*D'vn Estat florissant tout ce qui vaut le mieux,*
*Si l'on veut la garder & contenter les Dieux;*
*Quand on n'est criminel que par trop de merite;*
*Quand la Vertu s'oppose, & que le sang s'irrite:*
*Quand le Ciel à regret me la verroit tenir,*
*Et si i'estois fidelle, il m'en voudroit punir.*
*Esgorger vn Espoux, sacrifice execrable,*
*Quelle loy verse vn sang lors qu'il n'est pas coupable?*
*Le Ciel ne fut iamais l'autheur de cette loy.*

VOLTARE.

*Le Ciel l'a confirmée.*

BALDE.

*Ah! desabuse toy;*

*Les vœux ſont inuentez pour vaincre ſa iuſtice,*
*Et celuy que i'ay fait haſteroit mon ſupplice.*
*Vn crime eſt touſiours crime, encor qu'on l'ait promis*
*A tous les Dieux enſemble, il n'eſt iamais permis:*
*Qui l'execute, adiouſte à ſon extrauagance,*
*Et ſa fidelité n'oſte rien de l'offence.*
*Mais quand ie le pourrois ſans violer la loy,*
*Ie ne puis pas donner ce qui n'eſt pas à moy;*
*Cette ſeule raiſon ſuffit pour me deffendre,*
*Que ie n'ay pû vouër ce que ie n'ay pû rendre.*
*Eſt-il à moy Voltare?*

VOLTARE.

*Ouy, Voltare eſt à vous,*
*Ne m'oſtez pas Madame, vn nom qui m'eſt ſi doux.*

BALDE.

*I'oſe me le promettre, & i'oſe bien le croire,*
*Que Voltare eſt à moy: mais il eſt à ſa gloire;*
*Il eſt à ſa Patrie, à l'Eſtat, & ie croy*
*Qu'il ſe doit à l'Eſtat du moins autant qu'à moy.*
*Grands Dieux qui penetrez les ſecrets de noſtre ame,*
*I'allois vous le donner, le païs le reclame;*
*C'eſt vn gage commun que Balde ne peut pas*
*Pour ſon intereſt ſeul, oſter à ſes Eſtats.*

VOLTARE.

*Il importe à l'Estat que vous teniez parole,*
*Dittes si vous voulez qu'à luy seul on m'immole;*
*Que ie cours à la mort pour le salut de tous:*
*Mais non, vous m'osteriez l'heur de mourir pour vous.*

BALDE.

*Seigneur, dittes plustost que l'Estat & vous mesme*
*Ne voulez pas que Balde immole ce qu'elle aime;*
*Que tout s'est opposé contre sa pieté,*
*Qu'elle alloit plaire aux Dieux si l'on n'eust resisté.*

VOLTARE.

*Madame, il faut mourir, vos vœux me le cõmandent,*
*C'est les trahir.*

BALDE.

*Ie sçay que les Dieux te demandent;*
*Que ma fidelité leur devroit ton trépas;*
*Ie le sçay: mais enfin mon amour ne veut pas.*
*Deffends toy cher Espoux.*

VOLTARE.

*Contre vostre parole?*

BALDE.

BALDE.

*Et contre tous les Dieux, & contre vn vœu friuole.*

VOLTARE.

*Ie ne presume pas d'estre agreable aux Dieux,*
*Ny d'estre en tout l'Estat celuy qui vaut le mieux.*
*Madame, seulement ie veux auec franchise,*
*Liberal de si peu que i'ay de gloire acquise,*
*La donner pour le Ciel, pour vous & pour l'Estat.*
*Si i'ay quelque desir, c'est qu'elle eut plus d'esclat,*
*Afin d'en pouuoir faire vne plus digne offrande:*
*Ie la donne auec ioye au Ciel qui la demande,*
*Et ie m'estime heureux en mourant vne fois,*
*D'apprendre qu'vne mort m'acquitte enuers vous trois.*

BALDE.

*Deust le Ciel me punir par vn coup de Tonnerre;*
*Deust souffrir mon Estat, peste, famine & guerre;*
*Deust mon Peuple enragé m'immoler à ses Dieux,*
*Comme il fit autrefois vn Roy de mes ayeux,*
*Plustost que.*

VOLTARE.

*Mais le Ciel qui veut que ie perisse.*

BALDE.

*Il s'expliquera mieux s'il veut que i'obeïsse;*
*Non non, le Ciel encor ne vous a pas nommé,*
*Et ie n'aurois pas craint si ie n'auois aimé.*
*Mais helas ie vous aime, & plus ie vous estime,*
*Plus vous me paroissez cette chere victime:*
*Voyant vostre merite & ce que i'ay voüé,*
*Voltare ie crains plus, plus ie vous ay loüé.*

VOLTARE.

*Accordez moy la mort puisque ie la desire,*
*Et ne m'enuiez pas le bonheur où i'aspire.*

BALDE.

*Quoy, m'aimes-tu si peu?*

VOLTARE.

*Vous sçauez mon amour.*

BALDE.

*L'infidelle, il me laisse.*

VOLTARE.

*Ouy, mais auec le iour.*

*I'aimay iusqu'à la mort.*

BALDE.

*La mienne qui doit suiure*
*Ne pourra-t'elle pas, ingrat te faire viure?*

VOLTARE.

*Vous attaquez ma gloire auecque ces soupirs,*
*Ma constance se perd parmy vos desplaisirs:*
*Ie sens bien que mon cœur à peine à se deffendre,*
*Esuitons des beaux yeux qui le pourroient surprendre:*
*Fuyons vn ennemy qui.*

Voltare sort.

BALDE.

*Cruel demeurez,*
*Negligez les soupirs d'vne femme, & mourez:*
*Et i'iray cependant loin de vostre presence*
*Mener en d'autres lieux vn deüil qui vous offence:*
*Là ie soupireray tant qu'il plaise à nos Dieux*
*De dire expressément celuy qui vaut le mieux;*
*Et si leur cruauté vous veut pour la Victime,*
*Ie sçauray preuenir ma douleur & mon crime.*
*Adolphe, que dis-tu de ce cœur obstiné?*

ADOLPHE.

*Ie ne crains rien pour vous qu'vn Peuple mutiné,*

*Dont la deuotion ſcrupuleuſe & friuole,*
*Si vous l'auez voüé, voudra que l'on l'immole.*

BALDE.

*Mais apres tout, les Dieux ne l'ayant point nommé,*
*Peut-eſtre mon eſprit s'eſt en vain allarmé.*

ADOLPHE.

*Hé bien pour mettre fin à ces frayeurs extrémes,*
*Allons Madame, allons l'apprendre des Dieux meſ-*
*mes;*
*Peut-eſtre que honteux de parler deuant vous,*
*Ils ne vous oſeront demander voſtre Eſpoux.*

Fin du troiſieſme Acte.

# ACTE IV.

## SCENE PREMIERE.

### VOLTARE seul.

*MAlheureux Throsnes de ce monde,*
*Que vos plaisirs sont incertains,*
*Et que le Prince qui s'y fonde*
*Sçait peu le pouuoir des Destins?*
*L'esclat de cette grande pompe*
*Qui l'éblouït & qui le trompe,*
*N'est qu'vn faux iour meslé de tant d'obscurité,*
*Que tout ce qu'en a crû l'ignorance vulgaire,*
*Fut vn bonheur imaginaire,*
*Et non pas vne verité.*

*Vn Roy qui prend vne Couronne,*
*Se charge de beaucoup de soins:*
*Dans cette Cour qui l'enuironne*
*Il souffre d'importuns tesmoins;*
*L'heur qui le suit ou qui le laisse,*
*Qui le hausse ou qui le rabaisse,*
*S'il porte quelquesfois son nom par l'Uniuers,*
*Vn accident soudain estouffera sa gloire;*
*Et voyons nous pas dans l'Histoire*
*Que les Grands ont les grands reuers.*

*Balde fut assez longtemps Reine,*
*D'vn Païs tres grand & tres beau;*
*En suitte elle a veû son Domaine*
*Renfermé dans vn seul Chasteau:*
*Ainsi ses fortunes diuerses,*
*Ou de plaisirs ou de trauerses*
*La porterent tantost dans la felicité,*
*Et la firent tantost vn tableau de misere,*
*Tousiours dans l'heur ou son contraire,*
*Iamais dans la stabilité.*

Vn vœu qu'elle a fait la ſoulage;
Elle recouure ſes Eſtats:
Ce vœu qui l'oblige, l'outrage,
Il la ſert & ne la ſert pas:
Le Ciel doux pour elle, & barbare,
Qui pour la ſauuer perd Voltare,
Veut qu'elle ſacrifie vn Vainqueur à ſes Dieux:
Eſgorger ſon Eſpoux, elle croit faire vn crime,
Et donnant vne autre Victime,
Eſpargner ce qui vaut le mieux.

Dans vn eſtat ſi deplorable,
De quel coſté pancher des deux?
Accompliſſant elle eſt coupable,
Et n'accompliſſant pas ſes vœux;
S'il faut encore d'autres marques
De la miſere des Monarques;
Incredule vulgaire arreſtez vous ſur moy:
Vainqueur, Roy dans vn iour, & dans ce iour Victime,
Mon ſort parfaitement exprime
Les malheurs qui ſuiuent vn Roy.

## SCENE SECONDE.

### VOLTARE, TRASONTE.

### VOLTARE.

*AMy, ie vais mourir.*

### TRASONTE.

*Ce langage m'estonne.*

### VOLTARE.

*La Reine veut ma mort, & le Ciel me l'ordonne:*
*Pendant nostre combat la Reine a fait des vœux*
*Dont ie suis la victime: on allume les feux,*
*Amy, ie t'auertis que tu n'as plus qu'vne heure*
*Si tu veux embrasser Voltare auant qu'il meure.*
*Le Ciel veut ce qu'on croit de plus cher à l'Estat,*
*Et l'on rend cét honneur à mon dernier combat:*
*Heureux si par ma mort ie te laisse la Reine,*
*Et qu'auec son Espoux elle perde sa haine.*

*Ie vais*

*Ie vais pour cét hymen faire vn dernier effort,*
*On accorde aiſément ce qu'on veut à la mort;*
*Que n'obtiendray-ie pas lors que ie meurs pour elle,*
*Et lors que ſon refus la rendroit criminelle?*

TRASONTE.

*Moy, ie l'eſpouſerois? ah! vous vous abuſez,*
*I'abhorre cét obiet qui nous a diuiſez;*
*Amy, ie veux mourir ſi vous ceſſez de viure,*
*L'Arreſt de voſtre mort me condamne à vous ſuiure.*

VOLTARE.

*Eſt-ce me conſoler?*

TRASONTE.

*La mort n'eſt pas vn mal,*
*Et ie la receurois auec vn front égal:*
*Venez me conſoler quand ie vis miſerable;*
*La douleur qui me ſuit, eſt ſeule pitoyable.*
*Dans l'eſtat où ie ſuis, Amy, changeons de ſort,*
*Ioüiſſez de la vie, & me laiſſez la mort.*
*O mort pour moy ſi douce, & pour luy ſi barbare,*
*Pardonne ou prens enſemble & Traſonte & Voltare;*
*Ou n'en rauy pas vn, ou rauy les tous deux,*
*Ou ſi le ſang d'vn ſeul t'eſt promis par les vœux,*

*Sauue vn ieune Vainqueur, prens moy pour ta Victime,*
*Et tu feras iustice, ou tu ferois vn crime;*
*Vn acte de douceur pour vn acte inhumain,*
*Et c'est tousiours vn Roy qui tombe sous ta main.*

## VOLTARE.

*Trasonte, cher amy, montrez moins de tendresse,*
*Pour faire que ie meure auec moins de tristesse;*
*Ne touchez plus ce cœur au nom des Immortels,*
*Et rendez tout Voltare aux pieds de leurs Autels.*
*Adieu, ie vais mettre ordre auant ce Sacrifice,*
*Que les Trouppes que i'ay demeurent au seruice;*
*Que pour l'Estat mes gens meurent comme ie fais,*
*Vous pouuez cependant aller à mon Palais.*

Trasonte sort par vn costé,
& la Reine entre par l'autre.

## SCENE TROISIESME.

### BALDE. MELITE.

*LA Victime, Seigneur, ne se dit pas encore,*
*Le Prestre s'en excuse, & le Peuple l'ignore:*
*Mais helas ie crains tout d'vn silence affecté;*
*Mon cœur en est esmeu, loin d'en estre flatté:*
*Ie sçay que ce doit estre vne chose que i'aime,*
*Et moins on me l'a dit, plus ma crainte est extréme.*
*Desia chacun me vient consoler, cher Espoux,*
*On preuoit ma douleur, on sçait donc que c'est vous*
*Qui mourant me laissez en estat déplorable,*
*Tel qu'on vient consoler, encor qu'inconsolable,*
*Excepté vostre mort dont le coup seroit grand,*
*Ie ne merite point ces deuoirs qu'on me rend.*
*Dieux, perdez mon Païs, brisez mon Diadême,*
*Si vous sauuez le Roy, ie ne perds rien que i'aime;*
*Reprenez tous les biens que vos bontez m'ont faits,*
*Et dans le pire estat où l'on me vit iamais*
*Adioustez tous les maux & toutes les miseres*
*Qui venoient m'accabler sans vos mains tutelaires;*
*Ne les retenez plus, pouuez vous refuser*
*De rappeller ce temps lors que pour m'espouser*

*Vn Tyran m'affiegeoit, & lors que miferable*
*Ie ne vous eftois pas encore redeuable?*
*Et toy toufiours cruel mefme en fauorifant;*
*Deftin, rends moy ma perte & reprens ton prefent;*
*Ton foing m'eſt odieux qui des mains d'vn Barbare*
*Dans le dernier combat a garanty Voltare.*
*Ciel dont la vigilance alors le fecourut,*
*Pourquoy l'as tu fauué, s'il faloit qu'il mouruſt?*
*Ie pouuois imputer au caprice des armes,*
*Son malheur & le mien, fon trépas & mes larmes;*
*Et mes yeux auroient pû fans crime le pleurer,*
*Au lieu que l'immolant ie n'ofe foupirer.*
*Mais en vain ie me plains, & le Ciel pour ma peine*
*Veut que le fang du Roy foit verfé par la Reine.*
*Il n'eut iamais pour moy de communes rigueurs,*
*Par vn crime il me fait meriter mes douleurs;*
*Ie ne fçaurois fouffrir que ie ne fois coupable,*
*Et dés que ie la fuis, ie deuiens miferable;*
*Il me rend criminelle afin de me punir,*
*Et m'impofe des loix, que ie ne puis tenir.*
*Nouuelles cruautez.*

VOLTARE.

*Confolez vous Madame,*
*A ces coups de malheur montrez toute voftre ame,*
*Et ne me pleignez pas, le Ciel m'eft affez doux*
*Quãd ie meurs par sõ ordre & que ie meurs pour vous;*

*Pourrois-ie cependant vous faire vne priere?*

BALDE.

*La puis-ie refuser, lors que c'est la derniere?*

VOLTARE.

*Vous me l'accorderez?*

BALDE.

*Seigneur, vous en doutez,*
*Vous le Maistre absolu dessus mes volontez?*
*Que puis-ie dénier vous estant redeuable;*
*Et que puis-ie improuuer qui vous soit agreable?*
*Ouy, i'atteste les Dieux, vous serez satisfait.*

VOLTARE ayant fait signe à vn Garde d'appeller Trasonte.

*Apres cette faueur ie mourray sans regret.*

BALDE.

*Demandez.*

VOLTARE.

*Si iamais ie vous fus agreable,*
*Si vous croyez Madame, estre ma redeuable,*
*Ie laisse vn cher Amy, i'ose bien vous prier*
*Que de ce qui m'est deû vous vouliez le payer.*
*Prenez-le pour Espoux.*

BALDE.

*Seigneur.*

VOLTARE.

*Daignez m'entendre.*
*Ie le laisse en ma place, & ie meurs.*

BALDE.

*Moy, le prendre?*
*Ie ne le puis.*

VOLTARE.

*Forcez vostre inclination,*
*A cherir cét obiet de mon affection.*
*Vous le deuez aimer puis qu'en mourant ie l'aime,*
*C'est tout ce que ie puis vous laisser de moy mesme.*

*Ie reste dans son cœur & ne meurs qu'à demy,*
*Aimez moy dans Trasonte.*

BALDE.

*Aimer mon ennemy.*
*Seigneur?*

VOLTARE.

*Si c'est l'effet d'vne vertu bien rare,*
*La vostre n'est pas moindre en faueur de Voltare.*

BALDE.

*Ie n'en veux point de telle.*

VOLTARE.

*Et quoy, vous resistez?*
*C'est donc là ce pouuoir dessus vos volontez?*

BALDE.

*Pardon pour cette fois si ie n'ay pû vous plaire,*
*Le nom de ce Tyran r'allume ma colere.*

VOLTARE.

*Si son nom vous aigrit, considerez le mien,*
*C'est mon Amy, ce nom ne luy sert-il de rien?*

*Princesse, ma demande est assez legitime,*
*Il vous faut vn Espoux apres vne Victime;*
*Et ce fidelle Amy du moins par mon trépas*
*Sera de vostre hymen digne s'il ne l'est pas.*

BALDE.

*Et c'est vostre trépas qui le rend execrable,*
*Peut-estre sans cela le trouuerois-ie aimable:*
*Mais que i'aime celuy qui vous rend malheureux,*
*Et celuy qui fut seul la cause de mes vœux;*
*Cette loy, cher Espoux, est par trop inhumaine,*
*Ie croy faire beaucoup luy remettant la peine:*
*Si tu l'aimes, quel don luy fais-tu de mon cœur,*
*Que ta mort va laisser en proye à la douleur?*
*L'Estat pourra-t'il voir sa Couronne abatuë,*
*Remise entre les mains de celuy qui te tuë?*
*Mes soupirs & mes pleurs ne pourront te toucher?*
*Qui de Trasonte ou moy te sera le plus cher?*

VOLTARE.

*Ma priere & ma mort vous tesmoignent que i'aime*
*Trasonte comme moy, vous bien plus que moy mesme;*
*Viuez auec ce Prince, & faites vn effort*
*Pour payer au viuant les seruices du mort:*
*Pensez en ma faueur que s'il pût vous déplaire,*
*Mon sang le va lauer, & doit vous satisfaire:*

*Pensez*

*Pensez que le bonheur de Trasonte & le mien*
*Sont attachez fort prés par vn secret lien,*
*Et souffrez que l'amour l'emporte sur la haine :*
*Mais i'ay vostre parole & la foy d'vne Reine.*

BALDE.

*Par vn si rude essay n'esprouue point ma foy,*
*Et tu sçauras d'ailleurs ce que tu peux sur moy.*

VOLTARE.

*Et tu sçauras d'ailleurs ? mais la mort nous separe,*
*C'est le dernier essay que peut faire Voltare.*

BALDE.

*Cher Espoux, c'est le seul qui ne t'est pas permis,*
*Et ne m'allegue point que ie te l'ay promis :*
*I'ay promis, il est vray, ie ne puis m'en deffendre,*
*Mais de te donner tout, & non pas de rien prendre ;*
*Me faire vne telle offre, & moy la mépriser,*
*Est-ce rien demander, est-ce rien refuser ?*

VOLTARE.

*Vn cœur pour mon amy.*

BALDE.

*Ce present est funeste;*
*Sçais-tu pas, cher Espoux, que ce cœur qui conteste,*
*Et qui si puissamment s'oppose à ton dessein,*
*Fit le vœu qui te tuë, & fut ton assassin.*
*Ouy, Trasonte l'auroit si tu voulois sa perte,*
*Ie veux bien à ce cœur laisser l'entrée ouuerte;*
*Il est à qui voudra deuenir malheureux:*
*Mais ce cœur qui te perd, peut faire encor des vœux.*

# SCENE QVATRIESME.

TRASONTE.

VOLTARE.

*COnsolez vous Amy, vous auez la Fortune*
*Par delà vos desirs.*

TRASONTE.

*Elle m'est importune;*

*Ie ris de ſes faueurs, & ie n'en connois pas*
*Tant que ie vous ſçauray ſi proche du trépas.*

VOLTARE.

*Que vous eſtes heureux?*

TRASONTE.

*Que ie ſuis miſerable?*

VOLTARE.

*L'heur dont vous ioüiſſez n'eſt pas imaginable.*

TRASONTE.

*Mais ſi ie ſuis heureux, vous l'eſtes auec moy.*

VOLTARE.

*Madame nomme en vous ſon Eſpoux & ſon Roy.*

TRASONTE s'adreſſant à la Reine.

*Combien i'ay ſouhaitté l'honneur que vous me faites,*
*Ie prens pour mes teſmoins les malheurs où vous eſtes;*
*Auiourd'huy cét honneur n'a plus pour moy d'appas,*
*Celuy qui m'a fait viure eſt proche du trépas;*
*Ainſi.*

BALDE.

*I'aime Trasonte.*

TRASONTE.

*Et moy ie hay la vie,*
*Ie veux suiure Voltare.*

BALDE.

*Et c'est ta belle enuie:*
*Que i'ay dit que i'aimois. Tu prenois mal le sens*
*I'aime, mais non pas toy, i'aime tes sentimens,*
*Et les veux imiter puisque ie les estime;*
*Mourons, & que le Ciel ait plus d'vne Victime.*

TRASONTE.

*Conseruez vne Reine en immolant deux Rois.*

BALDE.

*Le Ciel qui veut deux morts, en souffrira bien trois.*

VOLTARE.

*Non non, puisque ie dois viure en vostre memoire,*
*Daignez rester tous deux, & rester pour ma gloire.*

TRASONTE.

*Vouloir que ie deuienne heureux par vos malheurs.*

VOLTARE.

*Vous en estes aussi de mes persecuteurs;*
*Amy, c'est là l'effet d'vne amitié si rare*
*De vouloir auiourd'huy triompher de Voltare?*
*Ha! cesse d'accabler vn esprit abbatu,*
*Qui fait auec regret vn Acte de vertu.*
*Enfin pour m'obliger aimez vous l'vn & l'autre,*
*Que vostre cœur soit sien, & que le sien soit vostre;*
*Diuisé dans les deux, quand vous les aurez ioints*
*Ce qui demeurera de moy, se perdra moins.*
*Viuez ensemble heureux.*

BALDE.

*Quel heur apres mon crime?*
*Mais Adolphe reuient, nous sçaurons la Victime.*

# SCENE CINQVIESME.

## ADOLPHE.

### BALDE.

*Dolphe, hé bien sçait-on la volonté des Dieux?*

### VOLTARE.

*Pendant vostre entretien nous ferons nos adieux.*

Voltare & Trasonte sortent.

### ADOLPHE.

*Madame, tout le Peuple attend vos Sacrifices,*
*Qui luy doiuent* (dit-il) *rendre les Dieux propices,*
*Et vous coniurent tous auec mesme ferueur,*
*Que vostre Maiesté les haste en leur faueur.*
*Mais pas vn ne comprend ce grand deüil qu'elle ex-*
*Ne sçachant point encor qui sera la Victime; (prim.*
*Mesme apres que le Prestre a fait tout son pouuoir*
*Pour sçauoir quelle elle est, & ne l'a pû sçauoir.*

BALDE.

*Luy seul ignore donc ce que le Ciel demande?*

ADOLPHE.

*Et ie ne pense pas que personne l'entende.*

BALDE.

*Mon amour me l'a dit.*

ADOLPHE.

*Ce mauuais conseiller,*
*L'amour n'est pas l'Oracle où vous deuez aller;*
*C'est aux Dieux à parler, & c'est leur interprete*
*Qui les doit expliquer quand leur responce est faite.*

BALDE.

*Voltare est la Victime, helas! ie le sçay bien.*

ADOLPHE.

*Ce n'est pas son aduis, & ce n'est pas le mien.*
*Craignez pourtant.*

BALDE.

*Et qui?*

ADOLPHE.

*Le Ciel.*

BALDE.

*Il me fait grace.*

ADOLPHE.

*Il peut vous affliger.*

BALDE.

*Il m'aime.*

ADOLPHE.

*Il vous menace.*

BALDE.

*Il est de mon party s'il sauue mon Espoux.*

ADOLPHE.

*Ie le souhaitte ainsi, mais ie crains son courroux.*
*Faites-le consulter, & si dans son Oracle*
*Difficile à comprendre il restoit quelque obstacle,*

*De ces*

*De ces ſens ambigus qu'on ne peut aſſeurer,*
*Aſſemblez le Conſeil pour en deliberer.*

BALDE.

*Ouy, ie vais le mander pour tirer aſſeurance,*
*Ou de noſtre ſalut, ou de noſtre ſouffrance.*
*Melite, allez ſur l'heure, aſſemblez mon Conſeil;*
*Vous direz que deuant le coucher du Soleil*
*Ie veux abſolument ſortir d'inquietude,*
*Redoutant moins le mal que ſon incertitude.*

Melite ſort.

*Et toy Ciel qui paroiſt t'adoucir enuers moy,*
*Pourueû que ta bonté daigne eſpargner le Roy,*
*Nomme s'il eſt quelqu'vn que tu veüilles qu'il meure,*
*Aſſeuré que ma main l'immolera ſur l'heure:*
*Mais ſur tout ſauue moy dans cette extremité,*
*Et de l'ingratitude, & de l'impieté.*

Balde ſort.

# SCENE SIXIESME.

ADOLPHE seul.

*PAroisse qui croit mieux seruir le Roy Trasonte,*
*Ou qui de ses emplois luy rẽde vn meilleur cõpte;*
*C'est auoir par adresse opprimé son Riual,*
*Et mon inuention ne reüssit pas mal.*
*De la Religion voiller vne iniustice,*
*Du nom d'vne vertu couurir vn artifice;*
*Sous des pretextes faux faire perir vn Roy,*
*Trasonte, ce grand coup n'appartenoit qu'à moy;*
*Moy seul en qui la Reine a quelque confiance,*
*Puis faire que son bras aide à nostre vangeance;*
*Et la faisant resoudre à perdre son Espoux,*
*La mettre ainsi contr'elle, elle mesme pour nous:*
*On est deuant l'Oracle; allons-en voir l'issuë,*
*Sçachons si nostre attente est remplie ou deceuë:*
*Au moins iusques icy nous n'auons pas fait peu,*
*Que Balde dans ce iour veüille accomplir son vœu;*
*Et l'ayant mise au point de consulter l'Oracle,*
*Voltare ne peut plus se sauuer sans miracle:*
*Il n'est rien que sa mort qui puisse plaire aux Dieux,*
*Et c'est en ce païs celuy qui vaut le mieux.*

Fin du quatriesme Acte.

# ACTE V.

## SCENE PREMIERE.

### ADOLPHE, RVTILE.

ADOLPHE.

*AMY, qu'auons nous fait, c'est la Reine elle mesme?*
*Que demandent les Dieux?*

RVTILE.

*Leur rigueur est extréme.*

ADOLPHE.

*I'auois crû iusqu'icy que Voltare mourroit,*
*Et qu'à Trasonte ainsi la Reine demeuroit;*

*C'est moy qui la pressois de tenir sa parole:*
*Mais helas qu'ay-ie fait? c'est Balde qu'on immole.*
*Mon crime déguisé par la Religion,*
*Et le pretexte pris d'vne sedition*
*Qu'à dessein dans l'Estat ie feignois allumée,*
*L'ont fait interroger des Dieux qui l'ont nommée.*

RVTILE.

*Ah! ne la laissons pas auec simplicité*
*Obeïr à des Dieux qui l'ont mal merité;*
*Et puis qu'ils ne l'ont point nommée en sa presence,*
*Au moins empeschons la d'en auoir connoissance.*

ADOLPHE.

*Et comment l'empescher lors que chacun le sçait,*
*Lors qu'on le dit tout haut, & qu'aucun ne s'en tait?*

RVTILE.

*O Dieux si sa vertu vouloit vous satisfaire;*
*( Car ie crains sa vertu plus que vostre colere )*
*I'iray la détromper d'vne brutale erreur,*
*Qui la rendroit l'obiet d'vne vaine fureur.*

ADOLPHE.

*Ouy, monstrons en brisant les Autels qu'on leur dresse,*
*Qu'elle ne sçauroit plus les craindre sans foiblesse:*

*Enfin auoüons luy plustost nos trahisons,*
*Assemblons tout le Peuple & le desabusons :*
*Mais la voicy qui vient cette Reine adorable,*
*Que son trop de vertu rend auiourd'huy coupable.*

## SCENE SECONDE.

### BALDE. MELITE.

### TROVPE DES SARMATES,

### BALDE.

*C'Est moy que le Ciel veut; allez ingrats Subiets,*
*Qui voyez à regret les choses que ie fais.*
*Perfides, vous croyez qu'il vous seroit infame*
*De suiure plus longtemps les ordres d'vne Femme;*
*Du crime de vos Dieux couurez vostre dessein,*
*I'y consens, mais au moins venez Peuple assaßin,*
*Venez dans mon trépas admirer ma constance,*
*Et receuoir l'affront d'auoir moins d'asseurance:*
*Ouy, ie verray tremblans les plus hardis de vous,*
*Les bons fondans en pleurs, & les méchans ialoux,*
*Et ma mort me rendant digne d'estre obeïe,*
*Me fera regretter de ceux qui m'ont haïe.*

*Ie veux dans ce moment satisfaire à mon vœu,*
*Monstres d'ambition allez dresser le feu;*
*Du reste, Peuple ingrat, laissez à vostre Reine*
*Le soin de l'allumer, que ie donne à ma haine.*

ADOLPHE.

*Madame, la vertu de vostre Maiesté*
*Va rendre à tout iamais son Regne regretté;*
*Le Ciel nous l'a donné comme vne recompense,*
*Qui nous persuadast d'aimer l'obeïssance:*
*Et comme il vous forma pour le commandement,*
*Il combla de faueurs vostre Gouuernement:*
*Mais soit qu'il soit ialoux de nos succés prosperes,*
*Soit qu'il veüille auiourd'huy nous rendre nos miseres,*
*Craignant que le repos que par vous nous auons*
*Ne nous fasse oublier ce que nous luy deuons:*
*Soit qu'il soit amoureux d'vne si belle vie,*
*Il la veut, soit qu'il l'aime, ou soit qu'il nous l'enuie.*

BALDE.

*En me donnant la mort c'est comme il faut parler,*
*Vous me parez Adolphe, auant que m'immoler:*
*Ainsi sur la Victime on met vne Couronne;*
*Ainsi Balde reçoit la gloire qu'on luy donne;*
*Et ces tiltres pompeux que son Regne n'a pas;*
*Car enfin c'est tousiours l'enuoyer au trépas.*

*Peuple dißimulé, i'obeïs à ta haine,*
*Sauue moy de l'horreur que i'ay d'estre ta Reine,*
*Ie te quitte auec ioye, apprens moy les moyens*
*De pouuoir acquitter & mes vœux & les tiens;*
*Que i'aime ce moment, où perdant vne vie*
*Ie contente le Ciel, ta rage & mon enuie.*
*Marche donc, ie te suy, marche sans plus tarder,*
*Autrement mes desirs te pourroient preceder:*
*Et ie crains que ma main hastant ce Sacrifice*
*M'en oste le merite en m'en faisant complice:*
*C'est lors que ie mourrois sans aucun reconfort*
*Si ie t'auois sauué le crime de ma mort;*
*Mort si douce à mes vœux, que i'aime & que ie n'ose*
*Me dõner, tant ie crains qu'ils n'en soient plus la cause,*
*Et que les preuenant dans leurs desseins maudits,*
*Ils n'en perdent ainsi la peine, & moy le prix.*
*I'attendray donc le coup puisque mon innocence*
*Et leur crime dépend de mon obeïssance;*
*Malheureuse en quittant ceux qui m'osent trahir,*
*Qu'ils apprennent par là, quel heur c'est d'obeïr.*

## MELITE.

*Ie veux mourir Madame, vne main homicide*
*M'outrageroit bien moins que le nom de perfide;*
*Ie mourray la premiere, & ie veux à vos yeux*
*Perdre vn sang innocent qui vous est odieux.*

BALDE ayant resvé quelque temps.

*Helas! pardonnez tous à cette Image nuë,*
*Que presente à nos sens vne mort impreueuë.*
*Ie l'auouë à ce coup ma force a chancelé,*
*Le desordre a tout dit, & ie n'ay point parlé;*
*L'horreur, les visions, & la triste presence*
*D'vne mort qui saisit vne ame sans deffence*
*Luy fait voir tout complice en ce dernier malheur,*
*Au moins auant mourir ie vous rends tous l'honneur.*
*Pour vous qui faisant voir vne ame si constante,*
*Auez si dignement secondé mon attente.*
*Melite, hé bien monstrons par vn illustre effort*
*Dans vn sexe tres foible vn courage tres fort.*
*Ma mort en va donner vne preuue mourante,*
*Restez, & soyez-en vne preuue viuante.*
*Allez si vous m'aimez consoler mon Espoux,*
*Il a plus de besoin de ce deuoir que vous.*
*Contre tous nos malheurs ie vous laisse à vous mesme,*
*Mais mon ame à vos soins laisse celuy qu'elle aime:*
*Allez, auec ce cœur qui n'est point abbatu*
*Porter à mon Espoux vos leçons de vertu.*
*Ie pense desia voir sa douleur qui s'exprime,*
*Ie l'entens qui se plaint du change de Victime*
*Et qui blasme des Dieux la cruelle pitié,*
*Qui perd pour le sauuer sa plus chere moitié.*

*Voltare*

*Voltare vit en moy, Voltare tout de mesme*
*Que s'ils l'auoient nommé, mourra dans ce qu'il aime,*
*Si ce n'est que sa mort venoit de sa valeur,*
*Et qu'apres moy mourant il mourra de douleur.*

Elle fait signe aux Sarmates de se retirer.

*Allez, continuez dans vostre ardeur fidelle,*
*Melite, à mon Espoux portez cette nouuelle.*

La Trouppe des Sarmates & Melite sortent.

## SCENE TROISIESME.

### BALDE.

*AH! ce soupir n'est point vn soupir de frayeur,*
*Qu'vne mort qui s'approche arrache de mon cœur;*
*Vinst-elle en son aspect le plus espouuantable,*
*Ie la regarderois comme vn port desirable.*

Elle soupire.

*Ah! ie ne la crains point, & ce hardy soupir*
*Mort aussi tost que né, m'accoustume a mourir;*

*N'ay-ie point soupiré pour ces biens que ie laisse?*
*Non, mais pour vn Espoux i'ay montré ma tendresse,*
*Et ne la puis cacher, voyant que mon trépas*
*Qui sauue mes Subiets, ne le sauuera pas.*
*Que .... mais quittons ces soins attachez à la vie,*
*Dont la fragilité de tant de maux suiuie,*
*Retarde d'autant plus nos veritables biens*
*Quelle nous retient plus dans ses honteux liens.*
*Suiuons, Suiuons mon cœur, le Ciel qui nous apelle:*
*C'est là qu'on te reserue vne gloire immortelle.*
*Là tu trouueras tout, & plus que tu ne veux;*
*Suiuons donc puis qu'enfin l'on n'y fait plus de vœux:*
*Mais voicy mon Espoux. Ah Dieux! que sa presence*
*Liure vn rude combat à ma triste constance.*

## SCENE QVATRIESME.

### VOTLARE, TRASONTE.

### VOLTARE.

*MAdame ie suis prest, ie meurs sans repentir,*
*Desia mon sang murmure & demande à sortir;*
*Mon ame se debat en sa prison mouuante,*
*Et pour seruir sa Reine elle est impatiente;*

*Si mourant pour le Ciel le trépas deuient doux,*
*Quel plaisir de mourir pour le Ciel & pour vous?*
*Si les ordres des Dieux rendent la mort heureuse,*
*Vos vœux & vos desirs la rendent precieuse;*
*Et si ie ne sçauois que les Dieux sont ialoux,*
*Ie dirois que ma mort est seulement pour vous.*
*Mais ie suis satisfait si i'ay cét auantage,*
*Qu'ils entrent auec vous tous seuls dans ce partage,*
*Et ie n'ay qu'vn souhait d'en pouuoir souffrir d'eux,*
*La premiere pour vous, la seconde pour eux.*
*Qu'elle tarde cette heure où perdant vne vie*
*Ie pourray me vanter de vous auoir seruie?*
*Que ce feu n'est il prest qui me doit consommer?*
*Vn cœur ne le craint pas quand il pût vous aimer,*
*Et le mien qui vescut dans vne flame ardente,*
*Perdra le sentiment auant qu'il la ressente:*
*Mais s'il a resisté bruslé par vos beaux yeux,*
*Quel feu le destruira si vous n'aidez aux Dieux?*

## BALDE.

*Cette difficulté que vous auez preueuë,*
*Sçauez vous, cher Espoux, que les Dieux l'ont connuë,*
*Et qu'enfin ils vous ont exempté du trépas.*

## VOLTARE.

*Et la Victime donc?*

TRASONTE.

*Quoy vous ne l'estes pas?*
*Dieux! est il apres luy quelque agreable offrande,*
*Qui vous puisse payer d'vne faueur si grande?*

BALDE.

*Ouy Trasonte, il en est qui paye abondamment;*
*C'est moy qui dois mourir par leur commandement;*
*C'est moy que l'on immole, & qui suis la Victime.*

VOLTARE.

*Vous? & i'adorerois des Dieux qui font ce crime?*
*Ces coupables fameux qui veulent des Autels,*
*Pour de moindres forfaits punissent les Mortels;*
*Que vous sert d'auoir fait ny Vœu ny Sacrifice,*
*Pour honnorer des Dieux qui font cette iniustice?*
*Si jadis vos respects les firent reuerer,*
*Madame vostre mort les va deshonorer.*
*Ouy, vostre mort fera passer pour des coupables,*
*Des Dieux que vostre vie a fait croire adorables:*
*Allez sotte Vertu, folle Religion,*
*Pleine de deshonneur & de confusion;*
*Tandis qu'on voit pompeux & triomphant le Vice,*
*S'il est vn vertueux, c'est pour vn Sacrifice.*

## TRASONTE.

*O le beau soin du Ciel, perissez Immortels,*
*Vous à qui nostre erreur a dressé des Autels.*
*O Vertu mal traittée ! ô Vice desirable !*
*Nous renonçons au Ciel s'il n'est plus raisonnable;*
*Et vous estes la seule en cette extremité*
*Que nous appellerons nostre Diuinité.*

## BALDE.

*Hé bien quittant desia cette ardeur qui m'offence,*
*Montrez moy des effets de vostre déference,*
*Et vous d'amour Voltare, & vous Dieux irritez,*
*Ne punissez que moy de leurs impietez.*

## TRASONTE.

*Ils sont trop impuissans, & malgré leur colere*
*Qui veut estre sans Dieux, peut estre sans misere.*
*Qu'ils se vangent de moy s'ils osent se vanger,*
*Autrement leur credit est en vn grand danger.*

## VOLTARE.

*Qu'il soit des Dieux ou non, quel droit sur vos années?*

BALDE.

*Mais les mesmes raisons que vous m'auez données*
*Quand vous vouliez mourir pour acquitter mes vœux,*
*Font que ie meurs pour vous, pour mon Peuple & pour*
*eux.*
*Si les ordres des Dieux rendent la mort heureuse,*
*Quand on sauue vn Espoux, la mort est precieuse.*

VOLTARE.

*Vn Subiet de son sang doit seruir son païs,*
*Et si i'ay rien dit plus, enfin ie m'en dédis.*
*Madame en vous trompant, ie taschois de vous plaire,*
*Mon ardeur pour le Ciel estoit imaginaire;*
*Toute ma passion fut de mourir pour vous,*
*En cela seulement mon sort me sembla doux;*
*Ce ne fut ny le Ciel, ny mesme la Patrie*
*Qui me fit.*

BALDE.

*Pourquoy donc contrefaire l'impie?*
*Si tu ne veux Voltare en l'estat où ie suis,*
*Qu'vn crime que tu feins adiouste à mes ennuis.*
*Ne te déguise plus, ma mort est asseurée.*

VOLTARE pleure.

*Exerce la Vertu que tu m'as desirée,*

*Et tasche à soustenir la maiesté d'vn Roy,*
*Tu pleures cher Espoux, ah ! Voltare, est-ce toy ?*
*Faut-il pour augmenter la douleur qui me presse,*
*Où ie cherche vn appuy treuuer tant de foiblesse,*
*Et m'auoüer trompée au choix que i'auois fait ?*
*Ciel par trop rigoureux n'es tu pas satisfait?*

VOLTARE.

*Ouy, ie pleure & ie veux pleurer en ma disgrace;*
*Ie veux vous succeder quand vous prenez ma place:*
*L'vn de nous doit mourir, & l'autre souspirer,*
*Ou laissez moy mourir, ou laissez moy pleurer;*
*Ou si vostre rigueur ne veut pas que ie pleure,*
*Quand vous allez mourir permettez que ie meure,*
*L'amour vnit les cœurs, pourquoy les diuiser?*

BALDE.

*I'ay beaucoup de raisons qui vous font refuser;*
*Ie laisse des Subiets que ie cheris en Mere,*
*A qui pour leur support vous estes necessaire;*
*Aimez-les & viuez, adieu.*

Elle se retourne vers Trasonte.

*Ma mort, grand Roy*
*Pour ce qui s'est passé vous vangera de moy.*

TRASONTE.

*Ie suis le criminel; mais charmante Victime,*
*Vous apprendrez au Ciel à pardonner mon crime.*

Balde sort.

VOLTARE.

*Quoy ſans nous oppoſer, nous pourrons voir nos Dieux*
*Verſer ſur leurs Autels vn ſang ſi precieux?*

TRASONTE.

*Si vous croyez des Dieux, il faut craindre leur foudre.*

VOLTARE.

*Amy, ſ'ils en auoient, vous me verriez en poudre.*

TRASONTE.

*Ces Dieux qui font les Rois, & les autres humains*
*Perdent quand il leur plaiſt l'ouurage de leurs mains;*
*Et comme leur bonté nous fit ce que nous ſommes,*
*Ils nous traittent d'égaux auec les autres hommes.*

VOLTARE.

*Ah! qu'il eſt difficile en cette extremité*
*D'accorder bien l'amour auec la pieté;*
*Et ſe voyant priué de tout ce qu'on adore,*
*Que ceux qui nous l'ont pris ſoient reuerez encore.*

TRASONTE.

*Auſſi n'ay-ie rien dit que pour vous conſoler,*
*Et non que pour ces Dieux ie vouluſſe parler:*
*Ie confeſſe qu'à tort on les appelle Auguſtes,*
*Que ce ſont des bourreaux, des cruels, des iniuſtes.*
*Allons nous oppoſer aux honneurs qu'on leur fait;*
*Allons deſabuſer tous ceux que leur ſoubmet*
*Le ſcrupule, le zele, vn Pere, vne habitude,*
*Quelquefois le Païs, touſiours le peu d'eſtude.*

*Enfin*

*Enfin faisons connoistre au Peuple son erreur;*
*Sur tout allons oster la Reine à leur fureur.*

## VOLTARE.

*Mais si malgré nos soings la Reine leur veut plaire,*
*Contre sa volonté que reste t'il à faire?*
*Et comment l'empescher de rompre ses liens*
*Quand pour se rendre libre elle a tant de moyens?*
*Il n'est qu'vn seul chemin qui nous meine à la vie,*
*Mais tout meine à la mort; & si c'est son enuie,*
*Quand bien nous la ferions obseruer en tous lieux,*
*Elle sçaura tromper & nos soings & nos yeux:*
*Et qui nous respondra que Balde ne se tue?*
*Tandis que nous serons à rompre vne statuë;*
*Amy, pour moy ie croy qu'il vaudroit beaucoup mieux,*
*Gagner si nous pouuions l'interprete des Dieux;*
*Faire qu'il apportast quelque nouuel obstacle,*
*En demandant du temps pour expliquer l'Oracle:*
*Qu'il fist semblant d'y voir de la difficulté*
*Pendant que nous irions, vous de vostre costé*
*Semer par tout le bruit que la Reine est trahie;*
*I'irois le confirmant par toute Cracouie,*
*Et taschant d'exciter vne sedition,*
*Tandis qu'on trouueroit quelque autre inuention,*
*Et tant qu'on abolist cette erreur introduitte*
*D'immoler tout aux Dieux. Mais escoutons Melite.*

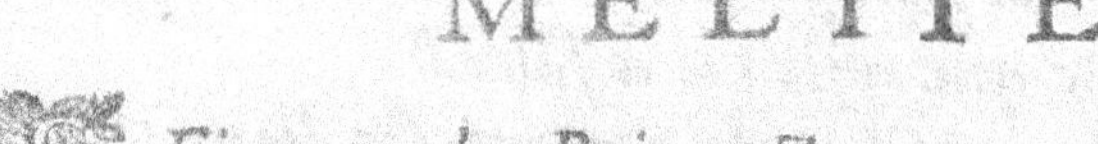

## SCENE CINQVIESME.

MELITE.

*SEigneur, la Reine est morte.*

VOLTARE.

*Et ie vis malheureux?*

MELITE.

*Et viure en cét estat, c'est estre genereux;*
*L'on cherche dans la mort la fin de sa misere,*
*Mais on braue en viuant la Fortune contraire.*
*C'est redouter le mal que vouloir le finir,*
*Et le cœur d'vn Heros le doit entretenir:*
*C'est pour le conseruer que i'aime encor la vie,*
*Et sa mort de la mienne auroit esté suiuie,*
*Si la mort auoit eu quelque chose d'affreux*
*Ou d'égal à ma vie, ou de plus malheureux.*

TRASONTE.

*Quoy, desia? quoy, si tost? O mort! precipitée.*
*Et vos soings & vos cris ne l'ont point arrestée?*

## MELITE.

*Et mes soings & mes cris ne l'ont pû secourir:*
*Prince, ie l'ay veû morte aussi tost que mourir.*
*Du haut de son Palais cette belle Heroïne*
*De deux coups de poignard s'est ouuert la poitrine,*
*Voulant nous tesmoigner par ces doubles efforts*
*Que l'ame aidoit dedans à rompre ses dehors.*
*Par ces chemins ouuerts l'ame du corps s'enuole,*
*Et vostre nom, Seigneur, acheue sa parole.*
*Son corps qu'elle panchoit tombe aussi tost dans l'eau,*
*Et son cœur tout de feu s'esteint dans ce Tombeau.*

## VOLTARE.

*Ta ruse, Ciel, ialoux est enfin découuerte,*
*Balde par son trespas nous dessille les yeux;*
*Si tu fais vanité d'auoir causé sa perte,*
*Elle se peut vanter qu'elle a perdu tes Dieux.*
*Crois tu qu'on souffre encor la rigueur inhumaine*
*Dont tu maltraittes les Mortels?*
*Crains qu'ils ne brisent tes Autels,*
*Et n'adorent plus qu'vne Reine,*
*Que ton iniustice & ta haine*
*A mis au rang des immortels.*

❧

*Balde, tant que ma mort ait la tienne suiuie,*
*Ie pense que tes vœux resteront imparfaits:*

*Des Dieux si rigoureux veulent plus d'vne vie,*
*Et ne sont pas encor pleinement satisfaits.*
*Souffre donc chere Femme en ce malheur extréme,*
*Que nous confondions nostre sort,*
*Et laisse par vn noble effort*
*Suiure à Voltare ce qu'il aime,*
*Puisque mourant le Ciel n'a mesme*
*Qu'vne ame en vne double mort.*

***

*Ie ne sçaurois plus voir vn iour qui m'importune,*
*Accorde moy la mort, contente mes souhaits,*
*Aussi bien pense tu qu'apres mon infortune*
*Ma fidelle douleur m'abandonne iamais?*
*Non non, i'auray vescu deuant qu'elle finisse,*
*Et mon regret qui m'est si cher,*
*L'amour me seruant de bûcher*
*Acheuera mon Sacrifice.*
*Ou pour auoir tous deux vn semblable Tombeau,*
*Mes yeux, mes tristes yeux me fourniront de l'eau;*
*Cependant pour punir des Dieux qui font ce crime*
*Allons faire vn Autel à leur belle victime.*

Fin du dernier Acte.

www.ingramcontent.com/pod-product-compliance
Ingram Content Group UK Ltd.
Pitfield, Milton Keynes, MK11 3LW, UK
UKHW021546260726
13993UKWH00002B/658

9 782329 223636